오늘도 아이와 함께
출근합니다

오늘도 아이와 함께
출근합니다

延 series

장새라

Real love is

a permanently self-enlarging experience.

_ M. Scott Peck

진정한 사랑은

영원히 자신을 성장시키는 경험이다.

_ 스콧 펙

아
침
놀

엄마. 나에게 생긴 또 하나의 이름

　　그 이름 속에서 나는 어떨 땐 정신을 차리지 못할 정도로 괴롭고 힘들다.

　　아무런 준비 없이 그저 아이를 가져야 한다는 의무감으로 덜컥 엄마가 되어버린 나는 끝나지 않는 롤러코스터에 앉아 있는 기분이 든다. 어느 날은 한없이 순조롭다가 어느 날은 끝도 없이 치솟기도 하고 어느 날은 하염없이 바닥으로 내리 닿기도 한다. 지극히 평범했던 나의 인생이 엄마가 된 이후로 무척이나 다이내믹해졌다.

　　내 인생에서 워킹맘이란 상상도 계획도 해본 적 없는 일이었다. 내가 꿈꿔온 미래의 나의 모습은 당당하고 멋진 커리어우먼의 모습이었지 아침마다 아이와 지지고 볶으며 꾸역꾸역 회사에 출근하는 모습은 결코 아니었다. 결혼과 동시에 임신과 출산, 육아라는 3종 세트를 연타로 겪으면서 나의 멘탈은 털릴 대로 털려버렸다. 게다가 이 엄청난 일들을 일과 병행한다는 것은 결코 쉬운 일이 아니었다. 모든 것을 놓아버리고 싶은 마음이 하루에도 몇 번씩 울컥 치솟았지만 '남들도 다 이렇게 사는데 나라고 못 하겠어'라는 생각으로 겨우 하루를 버텨내곤 했다.

아이를 어린이집에 데려다주고 돌아서는데, 한 손엔 큰 아이를 다른 한 손으로는 유모차를 끌고 헐레벌떡 뛰어오는 엄마와 마주쳤다. 아이를 내던지듯 맡기고 아직 물기를 가득 머금은 머리칼을 휘날리며 달려가는 그 엄마의 뒷모습을 멍하게 바라보며 왠지 모를 위안을 받았다.

'다 저러고 사는구나…'

그 엄마의 부산한 아침 풍경, 현관에서 어린이집 문앞까지 내달리는 동안 느꼈을 촉박함, 부리나케 달려 전철을 타고 문이 닫힌 후에야 숨을 돌리는 모습까지 머릿속에 선명하게 그려졌다. 나와 다르지 않은 하루를 살아가는 그 엄마를 보며 나 자신을 토닥거릴 수 있었다. 그런 모습을 바라보며 위로를 받는 내 모습에서 깨달았다. 나의 고군분투가, 나의 이 전쟁 같은 하루하루의 이야기가 누군가에게 분명 힘이 될 것이라고.

이 책은 아이를 키우면서 멋지게 성공한 여성의 이야기가 아니다. 그저 당신과 다를 바 없이 일도 육아도 잘 해내지 못해 전전긍긍하고 있는 평범한 워킹맘의 이야기이다. 그동안 수없이 흔들리며 겪고 깨달은 것들을 가감 없이 전하고 싶다. 그리고 이런 나의 이야기가 당신에게 작은 위로가 되기를 바란다.

목차

3부. 일과 육아사이

4부. 나로 살아가기 위하여

5부. 지금 빛나고 있나요

1부

아
이
와

함
께

출
근
합
니
다

두근두근, 엄마가 되었습니다

엄마가 되어야겠다는 생각은 없었다. 빨리 아이를 가져야 한다는 의무감만 있었다. 남편과 나의 10살이라는 나이 차이가 나를 압박했다. 늦은 장가를 든 남편은 결혼이라는 목표를 이룬 것만으로도 행복해 보였다. 하지만 나는 반드시 허니문 베이비를 갖겠다는 비장한 마음가짐이 있었다. 엄마가 된다는 것에는 큰 의미를 두지 않았다. 일단 아이를 갖는 게 우선이었다.

'아, 왜 이렇게 졸리지?'

업무 시간 내내 잠이 쏟아졌다. 신혼여행의 후유증이 꽤 오래간다고 생각했다. 하지만 감당하기 힘들 만큼 잠이 쏟아졌다. 평소 같지 않게 몸이 나른하고 늘어졌다. 이런 상태가 계속되던 어느 날, 머릿속에 '임신'이라는 단어가 퍼뜩 떠올랐다. 임신 증상을 검색해보니 내 몸 상태와 유사했다. 그날 바로 테스트기를 샀다.

아직 남편은 퇴근하지 않았다. 집에서 나 홀로 결과

를 확인하려니 몸이 덜덜 떨렸다. 결과는 두 줄. '두 줄이 임신이 맞나?' 설명서와 테스트기를 번갈아 보며 확인했다. 살아생전 처음 느껴보는 감정이었다. 기쁘고 놀랍고 두렵고 설레었다. 퇴근한 남편에게 아무 말 없이 테스트기를 보여주었다. 몇 초간 정적이 흘렀다. 임신 사실을 뒤늦게 파악한 남편은 곧 대한 독립 만세를 외칠 듯한 표정을 지으며 날 부둥켜안았다.

처음으로 산부인과에 들어선 나와 남편은 잔뜩 긴장한 채로 대기실에 앉아 순서를 기다렸다. 드디어 내 이름이 불렸다. 진료대에 누워 초음파로 보니 배속에 동그란 무언가가 자리 잡고 있었다. 아기의 크기는 고작 0.6cm였다. 쿵쿵쿵. 손가락 한 마디도 되지 않는 작은 생명의 심장 소리를 들었다. 내 심장 소리가 아닌가 싶을 정도로 힘차게 뛰고 있었다. 심장 소리를 듣고 나서야 '이제 정말 엄마가 되는구나!'하고 실감이 났다. 동그란 아기집이 찍힌 초음파 사진을 받아 들고 벅찬 감정에 빠졌다.

생전 처음 겪어보는 입덧은 형용하기 어려울 만큼 고통스러웠다. 하루가 다르게 불어나는 몸은 만삭이 다가올수록 감당하기 힘들었다. 하지만 나는 임신 기간 동안 늘 행복했다. 부모가 된다는 게 마냥 신기하고 설레었다. 주변의 출산경험자들은 아이가 배 속에 있을 때가 제일 좋을 때라 말했지만 난 이해할 수 없었다. 하루빨리 아이를 만나고 싶었다.

출산 예정일 아침, 양수가 터졌다. 심장이 벌렁거렸지만 차분히 병원에 갈 준비를 했다. 출근한 남편에게 연락한 뒤 택시를 타고 병원으로 향했다. 출산하는 날 나 혼자 두 발로 병원에 걸어 들어갈 줄은 생각도 못 했다.

양수는 터졌는데 진통이 없었다. 진통이 오는 것이 두려웠지만 오지 않는 것도 두려웠다. 분만 촉진제를 맞자점점 진통이 느껴졌다. 그런데 아이가 나올 생각을 하지않았다. 나도 남편도 점점 지쳐갔다. 그렇게 하루를 꼬박보냈다. 다음 날 아침이 되자 상황이 빠르게 돌아갔다. 진통이 최고조에 이르렀다. 아이가 밑으로 내려와 금방이라도 나올 것만 같았다. 긴급하게 분만실로 옮겨졌다. 나는사람인지 동물인지 알 수 없는 괴성을 지르며 있는 힘껏힘을 주었다.

아이를 낳은 느낌은 분명히 났다. 그런데 뭔가 이상했다. 이날을 기다리며 상상하곤 했다. 막 태어나 내 품속에안긴 아기, 잠시 후 아이 아빠가 감격스러운 표정으로 아이의 탯줄을 자르는 모습... 그러나 내겐 이런 감동적인 장면은 없었다.

아이가 나오자마자 이제 끝났다며 행복해하는 산모

와 달리 의료진들은 촌각을 다투고 있었다. 나는 아이를 낳았다는 안도감과 해방감에 아이가 몇 초간 울지 않았다는 사실도 인지하시 못했다. 뒤늦게 정신을 차리고 '왜 아이가 안 울지?' 하는 찰나 아이가 울기 시작했다. 아이는 재빨리 신생아실로 옮겨졌다. 나는 아이의 얼굴을 보지도 못한 채 입원실로 가야 했다. 나중에 알게 되었다. 아이는 탯줄을 감고 태변을 먹은 채 나왔고 심지어 심정지 상태였다고 했다. 그제야 모든 상황들이 이해가 되었다.

신생아실 유리창 너머로 처음 아이를 만났다. 그런 위기상황이 있었는지도 모를 만큼 아이는 건강하고 예뻤다. 열 달 동안 그렇게 궁금했던 아이가 내 눈앞에 있었다. 내가 아이를 낳았다는 것, 저 아이가 내 아이라는 사실이 실감 나지 않았다. 아직은 어색한 엄마라는 이름으로 살아갈 앞으로의 나날들이 그저 막연하게 느껴졌다. 엄마로 살아갈 내 삶은 과연 어떤 모습일까.

엄마로 살아가기

누군가는 그랬다. 산후조리원은 천국이라고…. 그 말만 믿고 부푼 가슴을 안고 조리원에 들어왔다. 그런데 나에게 조리원은 결코 천국이 아니었다. 하루아침에 달라진 내 삶을 오롯이 느낄 수 있는 우울한 공간이었다. 펑퍼짐한 산모복, 아이를 낳았는데 그대로인 배, 딱 아이 몸무게만큼만 빠진 내 몸무게, 피부도 엉망진창에 며칠 동안 감지 못한 머리로 내 꼴은 가관이었다. 하루에도 몇 번씩 수유 콜이 오는 탓에 맘 편히 쉬지도 못했다. 유축기로 젖을 짜고 양이 많고 적음에 희비가 갈리는 모습을 볼 때면 왠지 모를 자괴감에 빠지기도 했다.

그러다 문득 조리원 방에 나 혼자 덩그러니 앉아있을 때면 극심한 우울감이 나를 집어삼킬 듯했다. 지금 이 모든 것들이 날 두렵게 만들었다. 나의 처참한 몰골도, 아무것도 모른 채 내 품에 안겨 젖을 먹는 아이도, 더 이상 내 인생이 나만의 삶이 아니라는 사실도.

아이를 낳고 한순간에 변해버린 모든 상황이 낯설게

느껴졌다. 갑자기 나타난 그 작은 생명을 내가 돌봐야 한다는 사실이 겁났다. 차근차근 배워가고는 있지만 모든 것이 처음이라 자신이 없었다. 집에 돌아가 오롯이 내 몫이 될 육아가 두려웠다.

아이와 함께 집으로 돌아오면서부터는 정말 실전이었다. 우울함을 느낄 새도 없이 하루하루 전쟁을 치렀다. 가장 힘든 것은 이유를 알 수 없는 울음이었다. 책도 찾아보고 맘카페에서 나와 같은 고민을 하는 사람들의 질문과 댓글도 꼼꼼히 읽었다. 나는 이렇게 열심히 찾아보고 공부하는데 아이가 울면 남편은 무조건 젖병부터 들이밀었다. 아이가 우는 이유는 분명히 따로 있는데, 젖병으로만 해결하려는 남편에게 화가 났다. 하지만 내 생각과 달리 아이는 젖병을 받아들자 잠잠해졌다. 배고픈 게 아닐 거라 장담했다. 아이가 조용해지자 나는 의기소침해졌고 남편은 의기양양하게 잠자리로 돌아갔다. 억울하기도 하고 아이가 야속하기도 했다. 아이는 교과서대로 자라지 않는다. 그런데도 나는 이론대로 되지 않으면 큰일 나는 줄로만 알았다. 그저 우리 아이는 뱃고래가 큰 것뿐이었다. 엄마인 내가 그걸 몰라준 것이다.

남편이 출근하고 아이와 나 단둘이 집에 있는 생활이 이어졌다. 아이는 나를 힘들게 했다. 매일 같은 자리를 어지르고 치웠다. 정성스레 만든 이유식을 먹지 않아 한 시간 넘게 아이와 씨름하기도 했다. 매일 반복 되는 일상, 끝이 보이지 않는 육아에 지쳐갔다. 하지만 아이는 나를 가장 기쁘게 하기도 했다. 아이가 나를 향해 방긋 웃어주면 가슴이 찌릿할 정도로 행복했다. 세상을 다 얻은 기분이었다. 아이를 낳지 않았다면 절대 느껴볼 수 없는 감정이었다. 하루에도 열두 번 아이는 나를 들었다 났다. 이러니 엄마에겐 감정 기복이 생길 수밖에 없다.

힘들어도 아이가 자라는 하루하루가 소중했다. 매일 몇십 장씩 사진을 찍고 그 순간을 놓칠세라 동영상도 찍었다. 엄마만이 볼 수 있는 찰나의 모습들, 나 혼자 봐서 안타까운 순간들이 많았다. 아이의 재롱을 바라보며 마냥 행복해하다가 문득 슬퍼지곤 했다. 복직의 시간이 다가오고 있었기 때문이다. 함께하는 시간보다 떨어져 있어야 하는 시간이 더 길어진다면, 내가 지금 바라보고 있는 아이의 이 찬란한 순간들을 모두 놓치는 건 아닐까…. 복직해야 하는 날이 점점 다가올수록 나는 우울해졌다.

3살까진 엄마가 키워야 한다는데

"애는 잘 커? 언제쯤 올 수 있어?"

평소와 다름없던 어느 날, 회사에서 전화가 왔다. 가슴이 쿵 내려앉았다. 드디어 올 것이 왔다.

"네, 해야죠…."

대답을 얼버무리며 얼렁뚱땅 전화를 끊었다. 방실방실 웃고 있는 아이 얼굴을 보고 있으니 더 심란했다. 육아를 하다 보면 도망치고 싶을 만큼 힘든 순간이 온다. 그래도 회사로 도망치고 싶지는 않았다. 한편으로는 내가 다시 돌아오리라 굳게 믿고 있는 회사를 외면하기도 힘들었다. 휴직은 말 그대로 잠시 쉬는 것이다. 그 약속을 지켜야 한다는 책임감도 컸다. 전보다 줄어든 통장 잔고를 보면 막막하기도 했다.

아이를 보면 가기 싫었고 내 모습을 보면 가고 싶어졌다. 언제까지나 이렇게 아이 엄마로, 나를 잃어버린 채 살 수는 없었다. 대한민국에 수많은 워킹맘을 생각했다. '남들도 다 그렇게 사는데 나라고 못 할 게 뭐 있어.' '엄마가 워킹맘이라고 애들이 잘못됐다는 소리 못 들어봤어.' 이런 생각을 하면서 내 마음은 점점 복직으로 기울었다.

　복직을 결정하고 나니 엄마로서 큰 죄책감이 들었다. 그 죄책감을 위로받고 싶었다. 나의 결정이 잘못된 것이 아님을 확인받고 싶었다. 그래서 매일 맘카페를 들락거리며 나와 같은 처지에 있는 엄마들의 글을 찾아 읽었다. 그러던 와중에 내 결심을 무너뜨리는 글을 보았다. 생후 3년이라는 시간은 아이에게 너무나 중요해서 자신은 복직을 고민하다가 결국 포기했다는 내용이었다. 글에 공감하는 댓글들이 줄줄이 달렸다. 물론 그럼에도 불구하고 복직을 한다는 댓글들도 있었지만, 전혀 위로되지 않았다.

　'3세 신화'. 아이가 3세가 될 때까지는 엄마의 보살핌이 필요하다는 이야기이다. 이 때문에 엄마들이 쉽게 복직을 결정하지 못한다. 3세 신화를 처음 접한 나는 고민에 빠졌다. 엄마의 손길이 가장 필요한 시기라는 것은 누구보다 내가 더 잘 알고 있었다. 애착을 형성하는 이 시기가 아이 인생에서 가장 중요하다고 하니 마음이 더욱 흔들렸다. 나도 다른 엄마들처럼 복직을 포기하고 아이에게 올인해야 하나 고민이 됐다.

　아무런 결정도 내리지 못하고 다시 원점으로 돌아왔다. 시간은 점점 흘러갔다. 회사에서는 몇 차례 더 복직

독촉 전화가 걸려왔다. 이제는 결단을 내려야 했다. 하지만 '3세 신화'가 내 발목을 계속 잡았다. 털어내려 해도 털어지지 않았다. 나의 이기적인 결정이 아이의 인생을 망가뜨릴까 봐 겁이 났다.

　　"3살까지는 엄마가 키워야? ... '3세 신화' 근거 없다!"
　　매일 같은 고민을 안고 맘카페를 들락거리다 누군가가 공유한 기사 제목을 보았다. 나는 단숨에 읽어 나갔다.

"일하는 주부의 상당수는 아이를 어쩔 수 없이 조부모나 보육시설 등에 맡기면서도 이 신화 때문에 아이에게 미안해하지만, 반드시 그럴 필요는 없다. 아이의 발달에 영향을 미치는 요인은 '엄마의 마음 건강', '부부 사이', '보육의 질'이다. 중요한 것은 '안전한 환경에서 애정을 갖고 양육하느냐 여부'이며 엄마뿐만 아니라 조부모나 아빠, 아이 보는 사람, 보육사 등 어떤 의미에서는 어떤 사람이 돌보더라도 괜찮다."
_ 연합뉴스 2017.11.15.

　　아이는 엄마가 양육해야 한다는 고정관념을 버리기는 쉽지 않다. 하지만 기사 내용처럼 죄책감과 책임감 때문에 무조건 아이를 데리고 있는 것만이 답은 아니었다.

그보다 서로에게 좋은 방법을 찾는 것이 더 중요한 것이다. 나는 회사로 돌아가 다시 나의 자리를 찾기로 했다. 육아에 지쳐 집에서 무기력하게 있으니 일하면서 나를 찾는 것이 '엄마의 마음 건강'에 도움이 되리라 생각했다.

그런데 어떻게 아이에게 '안전한 보육환경'을 만들어줄 수 있을까?

어렵게 복직을 결정했더니 또 다른 문제가 나타났다. 많은 엄마들이 '안전한 보육환경'을 찾지 못해 복직을 다시 망설인다. 아이를 돌봐줄 사람이 마땅치 않아서다. 바꿔 말하면, 엄마가 아닌 다른 사람에게 아이를 맡기고 싶지 않기 때문이다. 나 역시 그것이 가장 큰 걱정이었다.

보편적으로 '안전한 보육환경'에는 3가지 유형이 있다. 부모님에게 도움을 요청하거나 베이비시터를 고용하는 것, 마지막으로 어린이집에 보내는 것이다

가장 안정적인 환경은 부모님께 아이를 맡기는 것이다. 부모만큼이나 아이를 사랑으로 보살펴주는 존재는 없기 때문이다. 하지만 나는 그럴 상황이 되지 않았다. 친정 부모님은 여전히 일을 하시고 시부모님은 몸이 편찮으시다. 모두 아이를 돌봐주실 여력이 되지 않는다. 그래서 나는 애초에 부모님께 아이를 맡길 생각은 하지도 못했다.

두 번째는 베이비시터이다. 베이비시터는 일찌감치 생각을 접었다. 나와 남편이 없는 집 안에 다른 사람을 들일 용기가 나지 않았다. 우선 집 안에 낯선 사람이 들어오는 것이 싫었다. 게다가 그 낯선 사람이 온종일 내 아이를 돌본다는 게 영 내키지 않았다. 내 살림살이도 모두 드러날 것이고, 무엇보다 비용이 만만치 않았다.

마지막은 어린이집이다. 사실 처음부터 나에게는 어린이집이라는 선택지밖에 없었다. 부모님께는 맡기지 못하고, 베이비시터는 죽어도 싫었으니 말이다. 아이가 어리면 큰 시설보다는 작은 가정 어린이집이 더 좋다는 이야기를 들었다. 마침 아파트 단지 안에 가정 어린이집이 여럿 있었다. 그중에 시간 연장 보육이 가능한 곳을 찾아야 했다. 일반 어린이집은 9~10시쯤 등원하고 3~4시면 하원하기 때문이다. 이와 달리 시간 연장형 어린이집은 아침 7시 반부터 저녁 7시 반까지 아이를 돌봐준다. 마침 바로 앞 동에 시간 연장형 어린이집이 있었다. 그곳에 보내기로 정하고 난 뒤, 상담을 받았다. 5월에 복직해야 했다. 어린이집 적응 기간을 고려해 아이는 3월에 입학하기로 했다.

'과연 어린이집이 안전한 보육환경일까?'라는 의문은 지울 수 없다. 연일 뉴스에 오르내리는 어린이집 사건·사고는 어린이집에 아이를 맡길 수밖에 없는 워킹맘들에게 고통을 준다. 하지만 뉴스에 나온 사실은 극히 일부에 불과하다. 대부분의 선생님들은 아이들을 진심으로 아끼고 사랑한다. 걱정과 의심의 눈초리로만 바라본다면 양쪽 모두에게 좋을 것이 없다.

아이는 생후 9개월 만에 어린이집에 입소했다. 그리고 올해 5살이 되어 어린이집을 졸업했다. 걸음마도 떼지 못한 아이를 어린이집에 보낼 때 누구보다 가슴이 아팠다. 하지만 아이는 어린이집에서 선생님들에게 충분히 사랑받으며 건강하고 밝은 아이로 잘 자라주었다. 그동안 나 역시 큰 어려움 없이 일할 수 있었다.

3세 신화는 결국 반쪽짜리 진실이다. 아이에게 생후 3년은 분명 가장 중요한 순간이다. 하지만 돌봄의 주체가 자신이 되지 못한다고 걱정하지 않아도 된다. 일하기로 결심했다면 주어진 선택지 안에서 각자의 상황에 맞게 현명한 선택을 하면 된다. 그리고 그 선택을 믿자. 집으로 돌아와 함께하지 못한 시간만큼 아이를 힘껏 사랑해 주면 된다. 아이에게는 충분한 사랑이 필요할 뿐이다.

익숙한 이별은 없었다

어린이집 문이 열린다. 환하게 웃는 얼굴로 선생님이 아이를 맞이한다. 품에 있던 아이를 보내려 하자 울음을 터뜨린다. 안간힘을 쓰며 버티는 아이를 뒤로하고 애써 미소 지으며 걸음을 돌린다. 건물 밖을 나설 때까지 아이의 목소리가 들려온다. 출근길, 촉촉해진 눈시울을 훔친다.

복직 전날. 나는 이런 상상을 하며 밤새 울었다. 그런데 내 예상과 달리 그날 아침은 굉장히 평화로웠다. 부은 눈이 민망할 정도였다. 평온한 아이의 표정이 당황스럽기까지 했지만, 걱정했던 일이 일어나지 않아 마음이 놓였다. 이별이라는 것을 알기에 너무 어렸기 때문일까.

아이는 9개월이 채 되기도 전에 어린이집에 다니기 시작했다. 엄마도 제대로 구분하지 못하는 때였으니 아침의 이별은 나의 예상과 달리 순조로웠다. 아직 걷지도 못하고 의사 표현도 제대로 할 줄 모르는 아이를 두고 돌아서는 것은 마음 아팠지만, 시간이 지날수록 나는 현실에 적응해 갔다. 미안함도 점점 무뎌졌다.

그러나 나에게도 그 순간이 찾아오고야 말았다. 어린이집 문 앞에서 아이는 나를 끌어안고 혼신의 힘을 다해 버텼다. 떨어지지 않으려는 아이를 떼어놓을 자신이 없었다. 당황하고 있는 나를 바라보며 선생님이 말했다.

"제가 잘 달랠 테니 어머니 어서 출근하세요."

그 말만 믿고 나는 아이를 내맡긴 채 도망치듯 빠져나왔다. 울컥거리는 마음을 달래며 입술을 깨물었다. 끝없는 죄책감이 몰려왔다. 내가 일해야 한다는 이유로 아이가 겪는 아픔에 매번 등을 돌려야만 했다. 나의 뒷모습을 바라보며 아이는 매일 세상이 무너지는 기분이었을 텐데… 나 역시 아침마다 겪는 이별에 가슴이 찢어졌다. 회사 따위 당장 그만둬버리고 싶었다.

생후 16~24개월이 되면 아이들은 점차 엄마와 자신이 분리된 존재라는 사실을 깨닫는다. 그래서 극심한 불안을 느낀다. 아이가 울고불고하던 그 시기는 '재접근기'였다. 이 시기에 아이는 엄마 곁에 머물고 싶지만, 한편으로는 독립하고 싶은 복잡한 감정 상태를 겪는다. 이러한 불안한 감정 상태가 아이를 '엄마 껌딱지'로 만든다.

한동안 아침마다 겪던 호된 이별은 차츰 안정을 찾기 시작했다. 더 이상 아이는 울지 않았고 엄마에게 손을 흔들며 웃는 여유까지 보여주기 시작했다. 어느 날은 뒤도

안 돌아보고 달려 들어가 서운한 마음이 들기도 했다. 그동안의 마음고생은 이제 가슴 저릿한 추억이 되리라 생각했다.

그러던 어느 날 아침 등원 길, 원장 선생님의 이야기에 나는 심장이 쿵 내려앉았다..

"자, 엄마한테 얼른 인사하고 우리 함께 베란다로 뛰어갈까?"

"베란다에는 왜 가나요?"

"아, 아이들이 엄마랑 인사하고 베란다로 가서 엄마 가는 뒷모습을 보는 걸 좋아해요."

수없이 많은 이별을 하는 동안 알지 못했다. 아이가 나와 인사를 하자마자 뛰어 들어가는 이유가 내 뒷모습을 보기 위해서였다니…. 한 번도 뒤돌아보지 않고 바쁘게 가버리는 엄마의 뒷모습을 바라보며 아이는 어떤 생각을 했을까? 뒷모습이라도 엄마를 보는 것이 그저 좋았을까? 떨어지려 하지 않는 아이를 두고 갈 때보다 더 가슴이 아팠다. 아이가 보고 있다는 걸 알았지만 차마 뒤돌아볼 용기가 나지 않았다. 뒤돌아보면 내가 무너질 것 같았다. 웃는 얼굴로 아이를 볼 자신도 없었다. 복직 후 가장 힘든 출근길이었다. 온종일 나의 등 뒤로 아이의 시선이

따라다니는 것 같았다.

어느덧 4살이 된 아이는 더 이상 베란다로 뛰어가진 않는다. 하지만 여전히 나를 애먹일 때가 종종 있다. 어린이집에 가기 싫다며 온몸으로 저항해 진땀을 빼게 만들기도 했고 어느 날 밤, 잠자리에서 나를 꼭 안으며 나직이 이런 말을 해 내 마음을 아리게도 했다.

"엄마, 회사 가지 말고 나하고 계속 집에 있자."

서로 울지 않고 헤어지면 그래도 살만하다. 하지만 우는 아이를 남겨 두고 뒤돌아 나 역시 눈물을 훔치는 날에는 이렇게까지 살아야 하나 싶다. 매일 집에 같이 있자는 아이의 말에 아무런 대답을 하지 못한 채 그저 말없이 안아줄 수밖에 없는 현실에 가슴이 먹먹하다.

아이와 나에게 이별은 여전히 익숙한 듯 익숙하지 않다. 이별이란 익숙해질 수 있는 것이 아니기에, 우리는 그저 매일 견뎌낼 뿐이다.

그저 지나갈 뿐이야

"어머니, 아이가 갑자기 열이 많이 오르네요. 병원에 가보셔야겠어요."

조용한 사무실 안, 별안간 울리는 핸드폰 화면에 'OO 어린이집'을 보는 순간 가슴이 뛰었다. 어린이집에서 오는 전화는 대부분 아이가 아프다는 소식이다. 아이가 아픈 건 내가 어찌할 도리가 없는 일인데, 아플 때마다 나는 죄인이 된다. 쭈뼛쭈뼛 팀장님께 다가가 겨우 입을 뗐다.

"아이가 아파서요…. 죄송하지만 조퇴해도 될까요?"

어쩔 수 없다는 듯 허락은 했지만, 표정은 영 찜찜했다. 나를 향한 시선들을 애써 무시하며 종종걸음으로 사무실을 빠져나왔다. 아픈 아이 그리고 내팽개쳐진 회사일. 어린이집으로 향하는 내 발걸음은 빠르지만 무거웠다.

어린이집으로 달려가는 내내 마음이 불안했다. 한창 수족구병이 유행하고 있었다. 만약 수족구병이라면 적어도 일주일은 어린이집에 갈 수 없다. 아이를 진찰하는 의

사 선생님의 표정이 심상치 않다.

"수족구입니다."

머리가 띵 했다. 결국 올 것이 오고야 말았다. 앞으로 일주일, 아이는 어린이집에 가지 못한다. 비상상황이다.

회사에 하루 휴가를 냈다. 나머지 날은 친정집에 가 있기로 했다. 바리바리 짐을 싸 들고 친정으로 향했다. 아이의 상태는 점점 나빠졌다. 해열제를 교차 복용해도 열이 떨어지지 않았다. 38~39도에서 내려올 기미가 보이지 않았다. 입안에 수포가 점점 퍼지자 아이는 먹는 것도 힘들어했다. 심지어 약조차 먹으려 하지 않았다. 몸이 아프니 엄마를 더 찾았다. 잠시만 떨어져 있어도 경기를 일으키며 울었다. '내일은 출근해야 하는데….' 우는 아이를 안고 고민에 빠졌다.

다음 날, 숨소리를 죽인 채 겨우 방안을 빠져나왔다. 그런데 현관문을 여는 순간 귀신같이 아이가 달려 나왔다.

"엄마, 가지 마. 으앙!"

맨발로 현관문까지 달려 나온 아이는 필사적으로 나를 붙잡았다. 이토록 처절하게 울고 매달리는 모습을 처음 보았다. 나는 가방을 집어 던지고 아이를 안았다. 내 아이가 이렇게 아프고 힘든데 이게 뭐 하는 짓인가 싶었다. 나는 몸이 아픈 아이를 마음마저 아프게 했다.

나를 꼭 붙잡고 잠든 아이를 겨우 뉘이고 팀장님께 전화를 걸었다.

"팀장님 정말 죄송합니다. 도저히 갈 수가 없어요. 아이가 너무 힘들어해요."

"회사 걱정은 하지 마. 내가 알아서 할게. 회사보다 애가 중요하지."

덕분에 나는 일주일을 내리 쉬어 버렸다.

아픈 아이를 재우고 나와 멍하니 앉아있는 나를 보며 엄마는 이야기했다.

"애들은 원래 아픈 거야. 그렇게 가슴 아파할 것 없어. 아프고 나면 부쩍 커. 크느라고 아픈 거야."

맞다. 애들은 원래 아프다. 아픈 게 정상이다. 엄마가 일하지 않더라도 아이는 아팠을 것이다. 하지만 아이가 아프다는 이유만으로 가슴이 아픈 건 아니었다. 아픈 아이 곁에 온전히 있어 주지 못해 나는 더 힘들었다. 모든 것을 내려놓고 싶었다. 나는 아이에게 전부를 내어주지 못하는 반쪽짜리 엄마가 된 것 같았다.

아이가 아프지 않기를 바라는 마음은 어쩌면 아이보다 내가 더 걱정되기 때문일지도 모른다. 아이가 아픈 것은 나 혼자만의 걱정이다. 회사는 걱정해 주지 않는다. 회사는 오직 업무 공백만 걱정한다. 그러한 사실을 알기에 내 마음은 가볍지 않다. 내가 없으면 회사가 겪을 곤란한 상황들이 눈에 빤히 보인다. 그래서 아이가 아플 때마다 나는 죄인이 된 것 같은 기분이 든다.

하지만 이 모든 걱정은 잠깐이다. 어떻게든 나의 공백은 잠시나마 메꿔진다. 내가 자리를 비우면 회사가 큰일 날 것 같지만 아무렇지 않게 잘 돌아간다. 물론 나 대신 업무를 떠맡아 주는 직원들이 있기에 가능한 일이다. 그들에게 항상 미안하고 고맙다.

"장 대리, 회사 오래오래 다녀. 아이가 아프면 당연히 힘들지. 하지만 아이가 아픈 건 순간일 뿐이야. 순간에 연연하지 말고, 회사에도 미안해하지 마."

어느 날 회식 자리에서 부장님이 내게 한 이 말은 나를 지금까지 버티게 해주었다. 일하는 엄마라면 모든 걸 놓아버리고 싶은 아픔의 순간이 있다. 하지만 아픔은 늘 지나간다. 지나간 것은 지나간 대로 놓아주면 그만이다. 언제 그랬냐는 듯 아이와 내가 다시 밝게 웃는 날은 돌아온다.

아이는 엄마 혼자 낳은 게 아닌데

"오늘도 늦어?"

"응, 미안해. 최대한 빨리 갈게."

오늘도 독박 육아 당첨이다. 퇴근길. 나는 다시 출근한다. 어린이집에서 아이를 데리고 집으로 돌아온다. 아침에 치른 전쟁의 처참한 광경이 내 눈 앞에 펼쳐진다. 이부자리는 제멋대로 나뒹굴고 있다. 미처 치우지 못한 설거지도 그대로. 빨래통엔 빨래가 수북하다. 아이는 들어온 지 십 분도 되지 않아 거실을 또 난장판으로 만든다. 뭐부터 손을 대야 하는지 한숨부터 나온다. 왜 매일 나만 이렇게 고생을 해야 하는 걸까? 나 혼자 낳은 아이도 아니고, 나도 똑같이 일하는데….

남편은 나보다 더 일찍 출근하고 늦게 퇴근한다. 육아는 하나부터 열까지 다 내 몫이다. 아침엔 출근 준비와 동시에 아이도 챙겨야 한다. 나 혼자 매일 아침 전쟁을 치른다. 아침밥은 고사하고 물 한잔도 못 마신다. 대충 씻고, 대충 화장하고, 대충 입는다. 일분일초가 아까운데 늑장 부리는 아이와 씨름하다 지각하기 일쑤다.

    회사에 있어도 나의 육아는 이어진다. 쉬는 시간 틈틈이 아이에게 필요한 물건을 사야 한다. 남편은 집에 뭐가 얼마나 남았는지 전혀 관심이 없다. 제품별 단가를 비교해가며 구매하는 나의 노고를 알 리도 만무하다.

    아이는 어린이집에서 저녁까지 먹고 와서 그나마 저녁 차리는 수고는 덜었다. 나는 대충 있는 밥과 반찬으로 저녁을 때우고 집안일을 하나씩 처리한다. 세탁기를 돌리는 동안 설거지를 하고 빨래를 걷고 청소를 한다. 아이는 졸졸 엄마 뒤만 쫓아다니며 자기랑 놀아 달라 보챈다. 겨우 집안일을 마치고 시계를 보면 8시를 훌쩍 넘는다. 후다닥 아이를 목욕시킨다. 겨우 아이를 재우고 나와 어질러진 거실을 치우고 빨래를 널고 있으면 현관문 소리가 들린다. 피곤한 기색이 역력한 얼굴로 남편이 들어온다. 나도 지친 표정으로 남편을 맞이한다.

    주말에도 독박 육아에서 벗어나기 힘들다. 늦게까지 푹 자고 싶지만 아이는 늦잠도 자지 않는다. 일찍 일어나 엄마를 깨운다. 그때마다 일어나서 밥을 챙기고 놀아주는 것은 내 몫이다. 나도 평일 내내 일하고 애까지 키우느라 힘든데, 주말까지 독박 육아라니…. 코를 골며 실컷 자는 남편을 보며 속이 부글부글 끓는다.

　육아는 엄마 전담이 아니다. 엄마의 육아 지분이 조금 더 클 뿐이다. 아빠에게도 분명한 육아의 책임이 따른다. 단순히 도와주는 것으로 끝나는 게 아니다. 물론 예전보다 아빠들의 육아 참여도가 높아진 것은 사실이다. 하지만 여전히 육아에 대한 책임은 엄마에게 더 가중된다.

　왜 엄마가 독박 육아를 하게 되는 것일까? 한 설문조사에서 남편들이 가사와 육아에 적극적으로 참여하지 못하는 이유로 잦은 야근과 회식을 꼽았다. 차라리 나도 야근하고 회식 자리에 가고 싶다. 하지만 사회적으로는 아빠보다 엄마가 아이를 케어하는 것이 더 당연하다는 인식이 일반적이다. 그래서인지 아빠는 아이 핑계로 집에 일찍 오기 힘들다. 반면에, 엄마는 비록 눈치는 보이지만 야근이나 회식에서 좀 더 빨리 벗어날 수 있다.

　아이가 엄마와 함께 하는 시간이 더 많다 보니 자연스레 아이는 엄마만 찾는다. 눈을 뜨자마자 나를 깨운다. 아빠는 평일엔 눈을 뜨면 없다. 주말엔 깨워도 대답 없는 아빠에게 아이도 관심이 없다. 뭐든지 엄마가 해줘야 한다. 먹는 것, 입는 것, 씻는 것, 자는 것 모두 엄마가 아닌 손길은 거부한다.

"아빠가 먹여줄까? 아빠랑 목욕할래?"

"싫어! 엄마가!! 엄마랑 할 거야! 아빠 싫어!"

아이가 얼마나 악을 쓰며 말하는지 보는 내가 다 민
망할 정도였다. 남편은 엄마만 찾는 아이에게 살짝 서운
한 표정이었다. 하지만 이내 미소를 띠고 "우리 딸은 참
효녀야."라며 내 속을 더 긁었다. 아이의 강력한 거부 덕
분에 주말에도, 남편이 조금 일찍 퇴근한 날에도 아이를
보는 일은 내 몫이 될 수밖에 없었다.

이쯤 되면 아이는 정말 엄마 혼자 낳은 것 같다는 생
각이 든다. 아빠가 집에 없어도 아이를 키우는 데 전혀 지
장이 없으니 말이다. 심지어 아이가 아빠를 거부하고 엄
마만 찾으니 아빠의 설 자리는 점점 더 작아진다.

SBS 예능프로그램 〈미운우리새끼〉에서 토니 엄마
의 명언이 잊히지 않는다.

"난 근데 자식은 아빠 자식이 아니고 엄마 자식이라
고 생각해. 애 생길 때 아빠가 한 게 뭐 있냐고"

"왜 한 게 없어요? (그렇게 얘기하시면) 서운하지요, 저
희도!"

"아빠는 기분만 냈지 뭘!"

이 장면을 보고 얼마나 웃었는지. 아이를 키워보니 백 번이고 공감 가는 인생 선배의 명언이었다. 아이는 엄마 혼자 낳은 게 맞다. 10개월 동안 엄마 배 속에만 있었다. 출산의 고통은 오직 엄마만의 몫이다. 아이는 엄마 젖을 먹고 자란다. 깊은 밤 아이의 작은 뒤척임에 눈을 뜨는 것도 엄마다. 엄마의 독박 육아는 어쩌면 당연할지도 모르겠다.

퇴근길, 간절히 빌어본다. 여보, 오늘은 제발 일찍 오면 안 될까?

오늘도 버텨내야지

~~~~~~~~

이른 새벽, 무의식적으로 잠에서 깬다. '아, 주말이지….' 마음을 놓으며 다시 잠이 든다. 얼마나 지났을까? 소리 없이 잠에서 깬 아이가 내 품속으로 파고든다. 품에 안긴 아이가 내 눈을 바라보며 말한다.

"엄마가 제일 좋아."

행복하다. 행복한 만큼 가슴이 아프다. 아이도 나만큼 이런 시간이 그립겠지. 매일 아침이 이렇게 여유롭고 행복하다면 얼마나 좋을까. 주말 아침 눈을 뜨면서부터 월요일이 걱정이다. 아, 출근하기 싫다.

하지만 어김없이 월요일은 온다. 한바탕 전쟁을 치른 후 회사로 향하는 차 안에서 겨우 한숨을 돌린다. 회사로 향하는 발걸음이 무겁기만 하다. 즐겁지 않다. 생기 없는 표정으로 사무실에 들어선다. 매일 반복되는 일, 성과 없는 일은 나를 무기력하게 만든다. 바쁘지 않을 때면 멍하게 앉아 한숨만 쉰다. 어린이집에 있을 아이가 생각난다. 지금은 뭘 하고 있을까? 밥은 먹었을까? 낮잠은 잘 자려

나? 자다 깨서 엄마를 찾진 않을까? 아이 생각에 순간 울컥해진다. 아이 사진을 바라보며 울음을 삼킨다. 매일 이렇게 버텨가면서 나는 왜 일하는 걸까?

가장 큰 이유는 당연 돈이다. 둘이 벌어 둘이 살 땐 풍족했다. 둘이 벌어 셋이 사는 것은 그럭저럭 살 만하다. 하지만 혼자 벌어 셋이 사는 건 빠듯하다. 먹고 살 수는 있다. 하지만 정말 먹고만 산다. 저축은 꿈도 못 꾸고, 뭐 하나 사려 해도 몇 번을 들었다 놨다 고민해야 한다. 아무리 계산기를 두드려보아도 외벌이는 마이너스다. 허리띠를 있는 대로 졸라매야 겨우 적자를 면한다.

월급이 들어올 때의 기쁨은 잠시뿐, 기다렸다는 듯이 줄줄이 돈이 빠져나간다. 눈앞에서 줄어드는 통장 잔고를 바라볼 때면, 퇴사 생각은 언감생심이다. 육아와 회사 일을 병행하는 것이 너무나도 힘들지만, 돈이 없으면 더 힘들 것 같다. 내 아이에게 하나라도 더 사주고 싶고, 더 좋은 것을 사주고 싶은 것이 부모의 마음이다. 돈이 없다면 그럴 마음의 여유도 없다. 아이러니하게도 아이를 위해 회사에 다니고 있다.

내가 일하는 또 다른 이유는 '나'를 잃고 싶지 않기 때문이다. 지금의 자리를 얻기 위해 얼마나 많은 노력을 해왔는데 엄마가 되었다는 이유로 일을 놓아버린다면 그동안 내가 쌓아온 모든 것들이 너무나 허무해진다.

육아휴직 1년 동안 엄마로 살다 보니 나는 내가 아니었다. 그래서 우울하기도 했고, 도망치고도 싶었다. 복직 첫날. 그날 나는 다시 내가 된 느낌을 받았다. 회사로 돌아오니 그곳에서 나는 더 이상 엄마가 아니었다. 내 자신이었다. 내가 되었다는 그 느낌을 잊지 못해 나는 여전히 회사에 다닌다.

하지만 나라는 사람으로 살기 위해 회사에서도 끊임없이 버텨야 한다. 회사가 나를 밀어내지는 않을지 늘 불안하다. 회사에서 불이익을 받지는 않을까 늘 조바심이 난다.

진급 발표가 있던 날. 진급 대상자였던 나는 기대 반 불안 반이었다. 올해는 경영 상황이 좋지 않아서 전보다 진급자가 적다는 이야기를 들었다. 그렇다면 나는 누락 대상 1순위일 확률이 높다. 육아휴직으로 1년이나 자리를 비웠다. 툭하면 애가 아프다는 핑계로 일찍 가거나 휴가를 냈다. 행여나 둘째라도 가지면 또 자리를 비울 것이다. 회사 입장에서 나는 늘 시한폭탄 같은 존재이지 않을까.

나의 불안한 직감은 적중했다. 몇 번을 보아도 진급자 명단에 내 이름은 없었다. '내가 워킹맘이 아니었다면 진급이 되지 않았을까?'라는 피해 의식에 휩싸였다. 패기 좋게 사표를 던지고 싶지만 그럴 수도 없었다. 더 이상 나 혼자만의 인생이 아니기 때문이다. 자존감은 바닥을 쳤지만, 사표를 내 버리면 나는 잃는 것이 너무 많았다. 그저 참고 버티는 수밖에 없었다. 워킹맘의 인생이 참 비참하게 느껴졌다.

"그깟 승진이 뭐라고 그런 협박까지 받으면서 그러고 있어!"

"이번에도 누락하면 내가 회사에서 얼마나 버틸 수 있을 것 같아?"

"그깟 거 그만둬. 내가 어떻게든 먹여 살릴게."

"쉽게 말하지 마."

"어차피 당신도 힘들다며. 애들 키우고 회사 일까지 하느라. 이런 꼴까지 당하느니 차라리 그만두고…."

"쉽게 말하지 말라고! 내가 왜 이렇게 안간힘을 쓰면서 버티는데. 애들한테도 미안하면서 왜! 어떨 땐 이렇게까지 버텨야 하나 싶고, 이게 진짜 내가 하고 싶은 건지도 모르겠어. 근데 이것마저 놔버리면 아무것도 못 할 것 같아서, 그래서 간신히 버티고 있는 거야. 나도 알아. 이거 버틴다고 뭐 되는 거 아닌 거. 근데 그거 말고 다른 방법을 모르겠는데 어떡해.

　내가 20대 내내 노력해서 얻은 게 이것뿐인데…. 여기서 그만두면 이 악물고 버틴 그 모든 시간이 한순간에 사라지겠지. 근데 그러다가 나도 같이 사라져 버릴까 봐 무서워. 애들 엄마로 사는 거 너무 소중한데 난 나란 사람으로도 너무 살고 싶어.”

　_ 드라마 〈VIP〉 중 일부

　회사로부터 부당한 협박을 받은 사실을 안 남편이 아내를 다그치는 장면을 보며 나도 모르게 눈물이 뚝 떨어졌다. 여자의 말 한마디 한마디가 내 가슴에 박혔다. 내 마음을 그대로 말해주는 것 같았다. 엄마가 되었다는 이유로 나는 매일매일 버티며 살아야 한다. 간신히 버티고 있는 내게 이런 시련이 닥칠 때면 모든 걸 놓아버리고 싶다.

　일과 육아를 병행하며 아등바등 살아가는 우리에게 현실은 참 녹록지 않다. 집에서도 회사에서도 안절부절이다. 그렇다고 어느 한쪽을 놓을 수도 없다. 둘 다 간신히 붙잡고 살아간다. 내가 얼마나 부귀영화를 누리겠다고 이 고생을 하며 살아야 하나 싶을 때도 있다. 하지만 드라마 속 여주인공의 말처럼 내가 대단하게 뭐가 되려는 것이 아니다. 그저 내가 가진 것을 잃고 싶지 않은 간절한 마음. 그리고 가족이 좀 더 편하게 살 수 있기를 바랄 뿐이다.

워킹맘으로 살아 온 지난 3년, 위태롭고 아슬아슬하게 버텨 온 시간이었다. 지금도 역시 간신히 하루를 살아간다. 버텨야 한다. 버티지 않고서는 살 수가 없다. 버티지 못하고 놓아버리는 순간 나도 아이도 가정도 함께 무너져버린다. 끝이 보이지 않아 괴로운 워킹맘의 삶. 나는 오늘도 그저 버틸 뿐이다.

애를 낳으라는 거야, 말라는 거야

'전국 유치원, 초등학교 개학 연기. 어린이집 휴원.'

생각지도 못한 일이 벌어졌다. 코로나 19 바이러스로 인해 전국 유치원과 초등학교는 개학이 연기되는 초유의 사태가 발생했다. 어린이집 역시 같은 기간 동안 휴원이다. 휴원 기간이 하루, 이틀도 아니고 한 달이다. 앞으로 상황에 따라 더 길어질지도 모른다. 맞벌이 부부에게는 날벼락 같은 소식이다.

처음 휴원이 결정된 일주일은 나와 남편이 번갈아 휴가를 쓰고 친정엄마의 도움도 받아 겨우 버텼다. 하지만 장기화가 되자 도저히 방법이 없었다. 어린이집에서는 긴급보육 서비스를 운영하고 있었다. 가정 보육이 힘든 아이들은 어린이집에 보내도 좋다고 했다. 하는 수 없이 아이를 다시 어린이집으로 보냈다. 아이와 가정, 나아가 지역사회의 안전을 위한 휴원인데 어린이집에 도로 보내면 그게 무슨 소용인가 싶었다. 하지만 방법이 없으니 답답할 뿐이었다.

맞벌이 부부의 이러한 고충에 대한 기사들이 연일 쏟아졌다. 기사 밑에 달리는 댓글들이 너무나 공격적이고 매서웠다. '그래서 어쩌라는 거냐, 다 같이 죽자는 거냐.', '그럼 한 명이 휴직하든지 그만둬라.', '워킹맘들 징징거리는 소리 이젠 지겹다.'….

뭘 어쩌자는 것이 아니다. 어쩔 수 없는 상황이라는 건 나도 안다. 하지만 맞벌이 부부 그리고 워킹맘의 고충을 헤아리지 못하고 쉽게 내뱉는 말에 상처를 받는다. 어린이집이 휴원해도 회사가 쉬지 않는 한 부모가 아이를 돌보기는 어렵다. 정부에서는 가족돌봄휴가가 10일이 있으니 쓰라고 하지만 과연 쓸 수 있는 사람이 얼마나 될까? 어쩔 수 없이 어린이집으로 보내는 부모의 마음이 얼마나 불안하고 답답한지 왜 몰라주는 걸까.

아이를 낳지 않았다면, 혹은 아이를 낳았어도 일하지 않았다면 이런 시련을 겪지는 않았을 것이다. 한국 사회에서 일하는 여성에게 결혼과 출산은 절대적으로 불리한 요소이다. 입사 면접을 볼 때마다 나이를 확인하고 결혼 계획이 있는지를 묻는다. 그들의 머릿속엔 '결혼하면 애를 갖겠지. 애 가지면 쉬겠지. 그러다 그만두겠지.'라는 전제가 깔려있다. 업무 공백이 발생할 것이 눈에 빤히 보이는 여성을 채용하기가 꺼려지는 것이다.

그래서인지 출산휴가와 육아휴직이라는 당연한 권리조차 엄청난 눈치를 봐가며 쓴다. 출산을 앞둔 직장인 중 70% 이상이 출산휴가와 육아휴직을 쓸 때 직장 상사와 동료들에게 눈치가 보인다고 한다. 나 역시 마찬가지였다. 그래서 나는 그만둘 마음으로 휴가를 썼다. 사직서를 쓰는 심정으로 휴가서를 썼다. 다행히 회사는 나를 기다려주었다. 하지만 하도 복직을 재촉해 남아있는 3개월의 휴직 기간은 쓰지 못한 채 돌아와야 했다.

　　우리도 해외 선진국들처럼 눈치 보지 않고 일하며 아이를 키울 순 없을까?

　　덴마크의 한 제약업체에 근무하는 니콜 세로프 씨는 두 아이의 엄마다. 하지만 회사를 그만두겠다는 생각은 해본 적이 없다. 육아휴직을 마치고 회사로 돌아온 후 그는 부서장에게 "어린이집에서 아이를 오후 5시까지 돌봐주기는 하지만 아이가 집에서 7시에 자야 하기에 오후 4시께 퇴근하고 나머지 근무는 집에서 하고 싶다"고 의사를 전달했다.

　　"회사는 유연한 업무시간으로 워킹맘을 지원하고, 남편의 육아 분담은 자연스럽다. 회사와 남편의 든든한 지원으로 덴마크의 많은 여성들은 육아 문제로 회사를 그만두는 경우가 거의 없다."

이처럼 복지 선진국 여성들에게 육아휴직 후 복직은 특별한 일이 아니다. 우리나라의 흔한 문제인 여성의 경력 단절은 이들 나라에서는 생소한 개념이다. 남성의 육아휴직 또한 자유로워서 아내와 함께 육아에 적극적으로 참여할 수 있다. 육아휴직 후에도 남녀 근로자 모두 유연근무제를 활용하여 일과 가정의 양립을 유지한다.

종종 뉴스를 통해 접하는 이런 해외 사례는 우리나라 워킹맘들에게는 꿈같은 소리이다. 우리나라의 출산, 육아 제도는 전에 비하면 상당히 좋아졌다. 매달 통장에는 아동수당이 들어온다. 나라에서 보육료도 전액 지원해주니 어린이집에 보내면서 크게 돈이 들어가지도 않는다. 아이돌보미 서비스나 육아기 근로시간 단축 등 좋은 제도들도 운영되고 있다. 이제는 육아휴직도 엄마, 아빠 동시에 쓸 수 있다. 하지만 문제는 나라에서 지원하는 이러한 정책들을 대부분의 근로자가 활용하지 못한다는 점이다.

사회 전반에 걸친 인식이 변화하지 않는 이상 근로자들은 이러한 혜택을 전혀 누릴 수가 없다. 일하는 엄마는 아이를 가진 것이 기쁨과 동시에 근심이 된다. 출산휴가와 육아휴직조차 제대로 쓰지 못하는 직장인들이 수두

룩하다. 아이를 낳고 경단녀가 되는 것이 자연스러운 현실이다.

저출산을 극복하기 위한 정부의 노력과 반대로 사회 분위기는 점점 아이를 낳지 않으려는 쪽으로 기운다. 아이에 대한 혐오 또한 날이 갈수록 커지고 있다. 아이들이 환영받지 못하는 공간이 점점 늘어나는 것만 보아도 그렇다. 이제는 아이를 데리고 외식을 하거나 차 한잔하고 싶어도, 그곳이 노키즈존인지 먼저 확인을 한다. 별생각 없이 갔다가 노키즈존임을 알고 발길을 돌린 적이 몇 번 있었기 때문이다. 아이가 있다는 것이 누군가에게는 불편함이라는 사실이 씁쓸했다.

외식도 남의 눈치를 보며 먹기 바쁘다. 여유롭게 먹기는커녕 후다닥 밥만 먹고 나온다. 밥 먹는 도중에 아이가 혹시나 큰 소리로 떠들거나 떼를 쓰며 울까 봐 항상 스마트폰에 아이가 좋아하는 영상을 틀어둔다. 아이를 낳기 전에는 식당에서 부모는 밥 먹느라 바쁘고 아이는 핸드폰 화면만 바라보는 광경을 보면서 생각했다. '나는 저렇게 절대 안 키워야지'라며 부모들을 욕했다. 아이를 낳고 나니 알겠다. 그건 비록 아이에게는 미안하지만 남을 위한 부모들의 배려였다.

육아는 그 자체만으로도 고된 노동이다. 하지만 워킹

맘들에게는 사회적 편견과 부정적 인식이 더해져 육아의 짐이 더 무겁게 느껴진다. 일과 육아 모두 잘 해내지 못하는 것은 워킹맘 혼자만의 문제는 아니다.

조직 개편을 앞두고 팀장님이 나를 조용히 불렀다.

"둘째 계획은 있어?"

있으면 어쩔 것이고 없으면 또 어쩔 것이란 말인가.

아이를 낳아야 하나 말아야 하나 여전히 고민해야 하는 워킹맘. 언제쯤이면 아이 때문에 죄인 취급을 받지 않을까. 언젠가는 일과 육아를 모두 당당히 해내는 내가 되고 싶다.

2부

그만

미안해

하겠습니다

엄마는 왜 항상 미안할까?

죄책감. '저지른 잘못에 대하여 책임을 느끼는 마음'

엄마가 되고 나서 가장 많이 느끼는 감정이 바로 '죄책감'이다. 아이를 바라보면 미안함이 가장 먼저 울컥 올라온다. 도대체 엄마는 무슨 잘못을 저질렀길래 항상 죄책감에 시달려야 하는 걸까.

배 속에 아이의 존재를 확인하자마자 기쁨과 동시에 죄책감이 생겼다. 아이가 생긴 줄도 모르고 했던 행동들이 떠올랐다. 무지한 엄마 때문에 혹시나 아이가 잘못되진 않았을까 걱정이 되었다.

처음 산부인과를 방문했던 날, 불안한 마음에 의사 선생님께 물었다.

"선생님, 저 아이가 생긴 줄도 모르고 술도 마시고, 약도 먹고, 미용실 가서 염색도 했어요. 아이가 잘못되진 않을까요?"

의사 선생님은 별일 아니라는 듯 웃으며 대답했다.

"모르고 한 거니까 괜찮아요. 이제 알았으니 지금부

터 조심하시면 됩니다.”

　이후 초음파 검사에서 아이가 잘 크고 있는 모습을 확인한 후에야 겨우 마음을 놓았다. 하지만 아이가 배 속에 있는 내내 행여나 나 때문에 잘못되지는 않을까 늘 노심초사였다.

　배 속의 아이는 엄마에게 막중한 책임감을 준다. 아이의 생존이 온전히 엄마의 몫인 것처럼 느껴진다. 내 몸이 아무리 힘들더라도 온 신경은 아이에게 쏠려있다. 먹는 것도 신경 쓰이고 움직이는 것도 조심스럽다. 그렇게 10달을 보내고 출산을 한다. 아이가 나오면서 그동안 쌓인 불안과 죄책감도 함께 나오면 좋으련만…. 임신 기간 중 뿌려진 죄책감의 씨앗은 출산과 동시에 싹을 틔우고 점점 더 자라난다.

　아이를 낳은 그 순간부터 난 아이에게 미안했다. 나는 내 고통만 생각했지 아이가 얼마나 힘들었는지는 전혀 알지 못했다. 출산 시 아이가 느끼는 고통은 엄마가 느끼는 고통의 30배쯤 된다고 하던데…. 게다가 탯줄까지 감고 숨도 제대로 쉬지 못한 채 세상 밖으로 나온 아이는 얼마나 더 고통스러웠을까. 모든 게 내 잘못인 것 같아 미안했다. 더구나 아이가 그런 상황인 줄도 모르고 출산의 기쁨으로 행복해했던 내가 미웠다.

아이를 낳고 모든 엄마들이 가장 큰 책임감을 느끼는 것이 있다. 바로 모유 수유이다. 엄마들에게 모유 수유는 막중한 임무이자 큰 스트레스다. 모유 수유를 하지 않으면 큰일 날 것처럼 만드는 사회적 분위기가 엄마들을 더욱 위축시키고 죄책감 또한 가중시킨다.

나 역시 모유 수유로 인한 스트레스가 심했다. 아이를 낳자마자 모유가 나오는 줄 알았는데 감감무소식이었다. 조리원에 들어가 며칠이 지나고 나서야 모유가 돌기 시작했다. 하지만 아이는 황달 수치가 높아 모유를 먹을 수 없었다. 수치가 안정화될 때까지 분유만 먹어야 했다. 황달이 나았지만, 그동안 아이는 분유와 젖병에 길들었는지 엄마 젖을 잘 물지 않았다. 엄마 젖을 물기 힘들어했고 모유량 또한 넉넉지 않았다. 갓난쟁이 아이와 나는 매일 사투를 벌였다. 어떻게든 먹이려는 나와 거부하는 아이. 결국 아이의 승리였다. 50일 정도 겨우겨우 모유를 먹였다. 그만큼이라도 먹였으니 다행이라고 생각했다. 하지만 여전히 충분히 모유를 먹이지 못한 것에 대한 미련과 죄책감은 남아있다.

모유 수유가 중요한 것은 주변에서 말해주지 않아도 엄마 스스로 잘 안다. 하지만 각자의 상황으로 인해 모유 수유를 하지 못하는 엄마들이 많다. 이런 엄마들이 죄책감에 시달리지 않도록 따뜻한 이해의 시선으로 바라봐준다면 얼마나 좋을까.

아이를 키우는 내내 초보 엄마들은 미안함의 연속이다. 무엇하나 제대로 알고 하는 것이 없어 실수투성이다. 한 번은 이런 일도 있었다. 조리원에서 집으로 돌아와 2주간은 산후도우미를 썼다. 평일에는 도우미 아주머니가 계셔서 아이를 잘 돌봐주셨지만, 주말은 처음으로 아이를 혼자 돌봐야 했다. 특히 목욕시키는 게 걱정이었던 나에게 아주머니가 말씀하셨다.

"아이 목욕시키는 거 걱정되면 주말 동안 안 해도 괜찮아. 월요일 날 내가 해줄게."

그 말을 듣고 나는 아이를 정말 그대로 놔뒀다. 옷도 한번 안 갈아입힌 채로….

월요일, 아이의 몰골을 본 아주머니는 깜짝 놀랐다.

"어머. 내가 목욕만 시키지 말랬지 옷도 안 갈아입히면 어떡해. 아이고, 꼬질꼬질해라."

주말 동안엔 전혀 몰랐는데 다시 아이를 보니 정말 꾀죄죄했다. 부끄러웠다. 지금 생각하면 초보 엄마의 단순한 해프닝에 불과한 일이다. 하지만 그때의 난 '내가 엄마가 맞나?' 싶어 크게 자책했다.

우린 언제나 아이와 가정, 회사에까지 늘 큰 죄를 짓

고 사는 기분이다. 아이에게는 늘 부족한 엄마라 미안하다. 함께 하는 시간이 부족하니 내가 주는 사랑 역시 부족한 것 같다. 퇴근 후에도 아이와 온전히 시간을 보내지 못하고 밀린 집안일을 핑계로 아이를 돌보거나 함께 노는 것을 미룰 수밖에 없다. 매일 밤, 잠든 아이의 얼굴을 바라보며 울컥한다. 미안한 마음에 괜히 얼굴만 쓰다듬는다.

가정에도 충실하지 못해 늘 마음이 무겁다. 먼지 쌓인 집안, 너저분한 살림살이. 구석구석 내 손길이 필요한 곳 투성이인데 방치되어 있는 모습을 볼 때마다 한숨만 나온다. 가족들에게 그럴싸한 밥 한 끼 해주지 못하고 늘 대충대충이다. 온 가족이 둘러앉아 라면을 먹고 있을 때면 내가 힘들다는 핑계로 가족들에게 너무 무심한 것 같아 죄책감이 든다.

그렇다고 회사에서는 당당할까? 회사에서 역시 우린 죄인이다. 늘 '죄송합니다.'를 입에 달고 산다. 해야 할 일을 제대로 마무리하지 못하고 아이가 기다릴까 서둘러 사무실을 나선다. 느닷없이 걸려오는 어린이집 전화에 업무를 내팽개치고 달려 나가기도 한다. 그럴 때마다 내 일이 남에게 미뤄져 늘 미안한 마음이다.

뭐 하나 제대로 하는 것도 없고 모두에게 미안하기만 하다. 특히 엄마의 역할을 제대로 하지 못해 괴롭다. 나는 늘 아이에게 나쁜 엄마인 것 같다.

그랜드슬램에서 23번이나 챔피언을 차지한 테니스 선수인 세리나 윌리엄스. 그녀는 한 인터뷰에서 이렇게 이야기했다.

"좋은 엄마가 아니라는 생각에 괴로웠다. 아이가 울때면 화가 나고, 화가 난다는 사실이 슬프고, 이렇게 예쁜 아이를 가졌는데도 슬픔을 느낀다는 것에 죄책감이 들었다."

이 세상 대부분의 엄마들은 스스로가 좋은 엄마라고 생각하지 않는다. 아이를 생각하면 언제나 미안하고 가슴이 아프다. 늘 잘하려 애쓰지만 서툴고 부족하다. 엄마라는 이름으로 살아가기. 참 녹록지 않다.

좋은 엄마에 정답은 없다

엄마표 영어로 유명한 강사 '새벽달(남수진)'님의 저자 강연회에 갔을 때였다. 강연은 한편의 동영상으로 시작되었다.

"전 나쁜 엄마예요. 저도 좋은 엄마가 될 수 있을까요?"

이 땅에 수많은 일하는 엄마들은 자신이 나쁜 엄마라고 느낍니다.

누구보다 시간을 쪼개며 치열하게 살고 있는데….

"왜 자신을 나쁜 엄마라고 생각하세요?"

"먹이는 것, 기본적인 것도 잘 못 챙겨 주니까요."

"아플 때 같이 옆에 있어 주지 못하고…"

"아이에게 사랑을 준다고 주는데 제대로 주는지 모르겠어요."

이렇게 일하는 엄마들을 가장 힘들게 하는 건 업무

도 육아도 아닌 '나쁜 엄마'라는 죄책감입니다. 그들은 정말 '나쁜 엄마'일까요?

_ 하나금융그룹 캠페인 영상 '나쁜 엄마 바쁜 엄마'

영상이 시작되자마자 난 고개를 들지 못했다. 눈물이 쏟아질 것 같았기 때문이다. 영상을 바로 보지 못하고 소리만 듣는데 뚝뚝 눈물이 떨어졌다. 한번 쏟아진 눈물은 멈추질 않았다. 저자강연회에 와서 이렇게 울 거라고는 생각도 못 했다. 흐르는 눈물을 주체하지 못하고 있는 그때 옆에서 누군가 말없이 휴지를 건넸다. 건네진 휴짓조각에서 동질감을 느꼈다. 내 옆에서 함께 울고 있는 그 엄마도 나쁜 엄마였나 보다.

영상이 공감되어 펑펑 울었다. 하지만 내가 그토록 많이 울었던 이유는 집을 나서기 전 아이에게 크게 화를 내고 나왔기 때문이었다. 그날 아침, 옷을 입지 않겠다고 떼쓰며 도망 다니는 아이에게 갑자기 화가 치밀었다. 그래서 옷을 내던지며 네 멋대로 하라고 소리치고 나와 버렸다. 내 감정을 조절하지 못해 아이에게 있는 대로 화를 내고 나와서는 좋은 엄마가 되어보겠다고 강연장에 앉아 있는 내 모습이 참 우스웠다.

누구나 좋은 엄마가 되기 위해 부단히 노력한다. 육

아서를 열심히 읽고 유명한 강사의 강연을 찾아 듣는다. 아이에게 좋은 것만 먹이고 싶어 친환경, 유기농 식자재를 찾아 정성껏 요리한다. 아이의 지능 발달에 좋은 장난 감이나 책도 열심히 검색해서 사준다. 하지만 그런 노력 속에서 모순투성이인 나를 종종 발견한다.

아이에게 있는 대로 짜증을 부리고 돌아서서 육아서를 읽는다. 유튜브로 육아 강의를 열심히 듣고 고개를 끄덕이지만, 다음 날 아이에게 또 화를 내고 있다. 아이를 위한 식자재나 장난감, 책 등을 검색하느라 스마트폰만 들여다보고 있다. 정작 자기랑 놀아달라며 발밑에 매달려있는 아이는 보지 못한 채로….

노력과 달리 나는 늘 좋은 엄마이지 못하다. 아무리 좋은 책과 강연을 본다고 해서, 아이에게 좋은 것만 먹인다고 해서 좋은 엄마가 되는 것은 아니다. 화내는 엄마, 자신을 봐주지 않는 엄마를 바라보는 아이의 눈을 제대로 보고 나서야 깨달았다. 아이에게 좋은 엄마는 필요 없다. 그저 '엄마'가 필요할 뿐.

아이들이 부모에 대해 어떻게 생각하는지 보여주는 흥미로운 설문조사 결과가 있다. 2016년 여성가족부가 전국의 부모 1,000명과 초등학생 4~6학년 자녀 635명을 대상으로 실시한 부모-자녀 설문조사에 따르면 스스로가 좋은 부모라고 생각하는 이들은 10명 중 3명에 그쳤다. 좋은 부모가 아니라고 생각하는 이유는 '원치 않게 감정적으로 아이를 대할 때가 많아서'가 34%로 가장 높았다. '자녀와 함께 하거나 집에 있는 시간이 적어서'라는 응답이 20.1%, '물질적으로 충분히 제공해주지 못해서'라고 17.1% 뒤를 이었다.

하지만 아이들의 생각은 달랐다. '어머니가 좋은 부모라고 생각한다.'는 응답률은 무려 91.9%에 달했다. 아버지 역시 87.7%로 높은 응답률을 보였다. 아이들이 꼽은 좋은 부모의 조건은 1위가 '아이의 말을 잘 들어주고, 대화를 많이 하는 부모', 2위는 '함께 많은 시간을 보내는 부모'였다.

설문조사 결과를 보고 깜짝 놀랐다. 거의 모든 아이들은 엄마를 좋은 엄마라고 생각하고 있었다. 우리는 좋은 엄마가 되어주지 못해 끊임없이 자책하지만, 아이들은 그저 엄마라면 무조건 좋은 것이다. 가끔은 화를 내고, 오랜 시간 같이 있어 주지 못하고, 더 좋은 것을 사주지 못해도 아이들은 그런 이유로 좋고 나쁨을 판단하지 않는다. 엄마가 내 엄마라서 그저 좋을 뿐….

내가 좋은 엄마가 아니라고 생각하는 이유는 앞서 설문조사에서 밝혀진 이유와 같다. 감정적으로 아이를 대해서 상처를 주고, 함께 하는 시간이 적고, 풍족하게 사주지 못하기 때문이다. 하지만 이러한 이유로 더 이상 나자신을 괴롭히지 않기로 했다. 조금만 생각을 바꾸면 나는 아이에게 충분히 좋은 엄마가 될 수 있다.

순간순간 욱하고 올라오는 감정을 참지 못하고 아이에게 화를 낼 때. 돌아서서 늘 후회하고 자책했다. 하지만 엄마도 사람인데 당연히 화가 날 수밖에 없다. 다만 방법을 바꾸기로 했다. 화를 내고 나서는 반드시 아이에게 내 감정을 설명해 주었다. 그러고 나서 항상 미안하다 이야기하고 꼭 안아주었다. 놀랍게도 아이는 내 마음을 충분히 이해해주었다. 화를 내더라도 아이에게 사과하니 한결 마음이 편해졌다. 나쁜 엄마라고 자책하는 일이 전보다 훨씬 줄어들었다.

워킹맘이라면 아이에게 가장 미안한 것이 바로 시간이다. 하루 동안 아이와 온전히 함께 하는 시간이 3~4시간 남짓밖에 되지 않는다. 하지만 일을 하는 이상 어쩔 수 없는 부분이다. 내가 일을 그만둘 것이 아니라면 어쩔 수 없는 것에 미안해하지 않기로 했다. 온종일 아이와 함께 있다면 내가 과연 아이에게 더 잘할까? 아이를 집에 데리고 있다 해도 엄마는 또 다른 죄책감을 느끼기 마련이다. 아이가 어린이집에 가서 친구들과 재미있게 놀고 선생님들에게 양질의 교육을 받는 것이 훨씬 나을 거라고 생각한다. 아이를 못 본 시간만큼 더욱 꽉 찬 사랑을 나누어 줄 수 있다.

아이에게 더 좋은 것을 사주지 못하는 것. 어쩌면 이것은 남과의 비교에서 나오는 것일지도 모른다. SNS에서 내 아이와 같은 또래 아이들의 모습을 보며 자꾸 비교하게 된다. 책이며 장난감, 먹는 것까지…. 다른 엄마들이 아이에게 하는 것을 보면 나는 한참 부족하고 자격 없는 엄마처럼 느껴진다. 하지만 많은 것을 사준다고 내가 더 좋은 엄마가 되는 것은 아니다. 그저 현실에 충실하고 내가 할 수 있는 부분에서 최선을 다하면 된다. 아이는 무얼 더 사줬다고 해서 좋은 엄마라고 생각하는 것이 아니지 않는가.

엄마가 느끼는 죄책감. 아이에 대한 미안한 마음. 버리라고 말하지만 버려지지 않는다는 것을 잘 안다. 나 역시 마찬가지다. 하지만 '나쁜 엄마 바쁜 엄마'의 마지막 부분을 보면서 그런 생각을 조금이나마 떨쳐버릴 수가 있었다.

유치원 교실 안, 선생님 앞에 아이들이 앉아 있다.
"여러분, 좋은 엄마는 어떤 엄마예요?"

"음… 우리 엄마요!"

아이들이 너도나도 우리 엄마라며 입을 모아서 대답한다.

"당신은 잘못한 것만 기억하지만 아이들은 좋은 것만 기억한다는 사실. 세상에 나쁜 엄마는 없습니다. 바쁜 엄마가 있을 뿐입니다."

아이에게 엄마는 존재 자체로 행복이다. 우리 이제 더 이상 미안해하지 말자.

너를 낳지 않았다면

"엄마"

아이가 옹알거리기 시작하면서 이 한마디를 듣는 날을 기다려왔다. 저 작고 귀여운 입에서 언제쯤 '엄마' 소리가 나올까? 또렷하게 날 엄마라고 부르던 날, 얼마나 가슴이 벅찼는지 모른다. 그렇게 듣고 싶던 엄마라는 말, 이제는 하루에도 수백 번을 듣는다.

"엄마 좀 그만 불러!"

매 순간 엄마를 찾는 아이에게 나도 모르게 짜증 섞인 한마디를 던진다. 그렇게 듣고 싶어 할 땐 언제고 이제는 그만 좀 부르라고 한다. 엄마로 사는 것, 행복하지만 가끔은 정말 지친다. 그럴 때마다 나도 모르게 이런 생각이 든다. 내가 너를 낳지 않았다면….

아이를 낳고 가장 힘든 것은 내 뜻대로 할 수 있는 것이 아무것도 없다는 것이다. 아이가 어릴 땐 여유롭게 밥한 끼 먹기도 힘들고, 맘 편히 화장실 한번 가기도 어렵다.

나의 모든 시간이 아이에게 매여 있어야 한다. 무엇보다 나를 가장 힘들게 하는 것은 제대로 잠을 못 자는 것이다.

신생아 때 아이는 2~3시간 간격으로 깨서 울어대니 내가 지금 자는 건지 마는 건지 구분이 되지 않았다. 늘 정신이 반쯤 나가 있었다. 점점 새벽에 깨는 일이 잦아들면서 '통잠'이라는 것을 자기 시작했다. 하지만 이른 아침이면 어김없이 눈을 뜨는 아이 덕분에 강제 기상을 할 수밖에 없었다. 아이는 왜 늦게 자나 일찍 자나 새벽에 눈을 뜨는 걸까? "엄마" 소리에 깨지 않고 잠 한번 늘어지게 실컷 자보는 게 소원이다.

남편과 단둘이 데이트를 한 것도 언제인지 모르겠다. 생활의 모든 중심이 아이에게 맞춰지다 보니 부부만의 시간을 갖는다는 건 쉽지 않은 일이다. 아이가 없을 땐 퇴근 후 함께 저녁을 먹고 좋아하는 티비프로그램을 보며 편안하게 하루를 마무리했는데, 이제는 아이를 챙기느라 퇴근한 남편 얼굴을 마주하기도 어렵다. 남편과 연애하던 시절이 종종 그립다. 아이를 낳기 전엔 항상 남편 손을 잡고 다녔는데, 이제 내 손엔 아이가 붙들려 있다.

진급에서 미끄러지던 날도 난 '너를 낳지 않았다면'을 생각했다. 아이가 없었다면 1년간 육아휴직도 안 했을 거고, 아이 때문에 회사를 빠지는 일도 없었을 것이다. 회식에도 열심히 참여했을 것이고 나를 기다리는 아이가 없으니 야근도 마다하지 않았을 것이다. 물론 진급에서 누락한 것이 아이가 있고 없고의 이유는 아니겠지만, 그런 생각이 드는 것은 어쩔 수 없었다.

'너를 낳지 않았다면'이라는 생각은 어떤 이유에서든 엄마라면 한 번쯤 드는 생각이다. 엄마로 산다는 것이 결코 쉬운 일이 아니기에 우리는 문득문득 그런 생각을 하곤 한다. 하지만 나도 모르게 잠깐 이런 생각을 하고 나서 아이에게 한없이 미안해진다. 이런 생각은 마치 내가 널 낳은 걸 후회하는 것처럼 느껴지기 때문이다.

이스라엘 사회학자 오나 도나스의 책 <엄마 됨을 후회함>에서 흥미로운 내용을 발견했다. 오나 도나스는 25~75세의 엄마가 된 여성들을 대상으로 지난 2008년부터 2013년까지 6년간의 조사 결과를 바탕으로 논문을 발표했다. '엄마들은 분명 아이를 사랑하지만, 엄마가 된 것은 후회한다'라는 내용의 논문이었다. 이 조사에서 '만일 지금의 경험과 지식을 가지고 과거로 돌아간다면 또다시 엄마가 되겠습니까?'라는 질문에 대부분은 '아니요'라고 답했다.

"우리는 아이가 없으면 인생이 불완전하고 사회의 일원이 될 수 없다고 생각했어요. 하지만 마음 깊은 곳에서는 그런 사람들이 가진 자유와 아이들이라는 짐이 없어 포기와 희생을 하지 않고 인생을 살 수 있는 가능성을 부러워해요"

자유가 그립고 포기와 희생을 해야 하는 인생이 고되다. '엄마'라는 이름에 실린 무게가 내 삶을 짓누른다. 엄마가 된다는 것이 이렇게 내 삶을 통째로 바꿔버리는 일인 줄 미처 알지 못했다. 그래서 우린 때때로 엄마 됨을 후회하기도 하는 것이다. 하지만 그런 마음이 든다고 해서 너무 자책할 필요는 없다. 엄마라면 누구나 갖는 감정이니까.

만약 내가 위와 같은 질문을 받는다면 난 뭐라고 대답할까? 난 주저 없이 '네'라고 대답할 것이다. 나에게는 너를 낳지 않았다면 느끼지 못했을 행복이 더 크기 때문이다.

나는 아이를 썩 좋아하는 편이 아니었다. 아이들을 귀여워하거나 예뻐해 주는 성격이 되질 못 했다. 아이가 생기고 배 속의 아이에게 따뜻하게 말을 건네주는 엄마도 아니었다. 주변에서는 그래도 내 자식은 다르다고 했다. 하지만 난 내가 낳은 아이조차 사랑하지 않으면 어쩌지? 라는 불안한 마음이 있었다.

하지만 내가 틀렸다. 아이는 너무나도 사랑스러웠다.

육아로 지쳐 너덜너덜해진 나를 활짝 웃게 하는 건 아이의 환한 미소였다. 작고 사소한 행동들 모두가 날 웃게 했다. 조그마한 손으로 엄마 손을 꽉 움켜쥘 때, 젖을 먹으며 나와 눈을 마주칠 때, 까꿍 하면 까르르 웃어 넘어갈 때, 처음으로 걸음마를 했을 때…. 나는 이 모든 순간에 생각했다.

'너를 낳지 않았다면 이 감정은 영원히 알 수 없었을 거야.'

가슴 속에 사랑이 마구 차오르는 느낌. 남편과 연애할 때 느낀 사랑의 감정과는 전혀 다른 감정이었다. 분명 사랑인데 같은 사랑이 아니었다. 아이를 대하면서 느낀 사랑. 이게 바로 진정한 사랑이라는 것을 깨달았다. 부모님과 남편, 모두 사랑하지만, 은근히 나는 무언가를 기대한다. 사랑받기를 원한다. 하지만 아이는 다르다. 무조건적인 사랑이다. 아무리 퍼주어도 아깝지 않고 퍼내어도 끝없이 사랑이 차오른다.

우연히 동생이 찍어 준 사진 한 장을 보았다. 나와 아이의 모습이 담긴 사진이었다. 노래를 부르고 있는 아이와 아이를 바라보며 웃고 있는 내 모습이었다. 아이를 보는 내 표정을 그 사진을 통해 처음 보았다. 눈에서 하트가 나온다는 게 바로 이런 표정일까? 내 모습은 정말 행복하고 사랑이 넘쳐 보였다. 나도 몰랐던 내 모습을 아이를 통해 볼 수 있었다. 엄마가 되고 진짜 사랑을 알게 되었다.

'진정한 사랑은
영원히 자신을 성장시키는 경험이다.'
_ 스콧 펙

너를 낳지 않았다면 내 성장은 어딘가에서 멈춰버렸을지 모른다. 영원히 성장할 수 있는 엄마로 만들어 준 아이에게 감사하다.

엄마도 엄마가 처음이니까

머리는 귀밑 3cm, 양말은 반드시 흰 양말 두 번 접어 신기, 하얀색 아니면 검은색 운동화만 신기…. 학창시절, 나는 정해진 규칙만을 따르던 아이였다. 부모님이 사주는 대로 쓰고 하라는 대로 군말 없이 잘 따랐다. 학교와 부모님이라는 울타리 안에서 크게 모나지 않고 잘 자랐다. 적어도 중학교 때까지는 그랬다.

학교도 부모님도 나를 대단한 모범생이라고 생각했는지 좀 더 나은 고등학교로 보내고자 했다. 그래서 결국 나는 친한 친구들과 떨어져 나 홀로 학군이 좋은 곳으로 가게 되었다. 그곳에 가자 내가 그동안 착각 속에 살았음을 깨달았다. 똑똑하면서 잘 놀기까지 하는 아이들이 수두룩했다. 나는 이도 저도 아닌 지극히 평범한 아이로 전락했다. 성적은 오르지 않았고 심지어 태어나 처음 받아본 점수에 큰 충격을 받기도 했다. 여러 번의 충격을 받자 거의 반 포기 상태가 되었다. 안 하던 짓을 하기 시작했다. 야자시간에 몰래 땡땡이를 치기도 하고, 꾀병을 부리며 도망치기도 했다. 늘 모범생처럼 살던 나는 뒤늦게 노는 맛을 보았다. 결국 고3이 되어서는 학창 시절을 통틀어 가장 많이 놀았다.

　내가 공부를 잘하는 아이라 믿고 있던 부모님의 실망감은 이루 말할 수가 없었다. 서울에 있는 대학교에 갈 거라 굳게 믿었던 부모님께 처참한 내 수능 성적표를 보여드릴 수가 없었다. 결국 재수를 시작했다. 학교라는 울타리를 벗어나 나 홀로 견뎌내야 하는 첫 시련이었다.

　남들은 대학에 가서 미팅이다 엠티다 하하 호호 하고 있을 시간에 나는 학원과 도서관에 쳐박혀 있었다. 자꾸나 스스로가 위축되었다. 일 년을 열심히 공부했지만, 결과는 썩 좋지 않았다. 하지만 이보다 더 충격인 것은 지원한 모든 대학에서 떨어진 것이었다. 내 인생에서 삼수란 생각지도 않은 일이었다. 결코 받아들일 수가 없었다. 자존심이 상했다.

　재수생까지는 그래도 받아들일 수 있었다. 삼수생이 되니 자존감은 바닥을 찍었다. 웬만하면 아무도 만나지 않았다. 대학에 간 친구들 소식을 듣고 싶지 않았다. 내 생활은 오로지 집과 도서관뿐이었다. 남들 다 가는 대학에 혼자만 못 가는 것 같아 불안하고 나 자신이 한심했다. 틀린 문제를 또 틀리고, 외웠던 단어를 또 까먹고….

나의 모든 실수가 용서되지 않았다. 그런 마음으로 1년을 보냈다.

　20살이 넘어 법적으로 어른의 나이가 된 우리는 실수하는 것을 몹시 두려워한다. 어릴 땐 실수해도 괜찮다며 토닥여주는 선생님과 부모님이 있었다. 그러나 어른이 된 후에는 아무도 괜찮다고 해주지 않는다. 나 홀로 겪어내고 이겨나가야 한다. 실수해도 괜찮다고 나 스스로 말해야 한다. 하지만 그것은 쉽지 않다. 끊임없이 나 자신을 채찍질할 뿐이다. 삼수까지 하면서 내가 그랬다. 한 번도 나 자신에게 괜찮다고 말해 본 적이 없다. 나는 왜 이렇게 바보 같을까, 왜 같은 실수를 반복할까 자책할 뿐이었다. 하지만 나는 반복된 실수를 통해 정말 내 것을 만들 수 있었다. 이전보다 훨씬 좋은 성적을 받고 대학에 갈 수 있었다.

　재수, 삼수할 때만큼이나 자존감이 떨어지는 것은 바로 육아다. 공부를 잘하지 못해 자책하던 내가 이제는 아이를 제대로 키우지 못해 자책한다. 이 세상 모든 일은 다 처음 겪는 일이다. 하지만 아이를 키우는 것만큼이나 당황스럽고 어려운 처음이 있을까?

　어제까지 배 속에만 있던 아이가 어느 날 갑자기 내 눈앞에 있다. 아이를 먹이고 입히고 재우고 씻기고… 모든 것을 해 줘야 한다. 언제나 엄마가 해주는 것을 받아만 봤지 내가 누군가를 위해 무언가를 해준 적이 없다. 이 작은 생명체가 집이 떠나가게 울기라도 하면 엄마라는 사람인 나는 도대체 어찌할 바를 몰라 발만 동동 구른다. 낳기만 하면 엄마가 되는 줄 알았는데, 엄마가 되면 다 알아서 할 줄 알았는데 실상은 아무것도 모른다. 어디서부터 뭘 어떻게 해야 하는지 앞이 깜깜하기만 하다.

그래서일까? 육아는 언제나 실수투성이다. 분유를 한 숟가락 덜 타서 맹탕인 우유를 아이에게 주며 왜 먹질 않냐 타박하기도 하고, 듣도 보도 못한 이상한 레시피로 이유식을 만들어 아이에게 먹이기도 했다. 기저귀를 제대로 채우지 않아 오줌이 새 버린 일은 다반사고, 기저귀를 세탁기에 넣고 돌려서 끔찍한 대참사를 맛보기도 했다.

나의 실수가 아이에게 불편이 될 때마다 마음이 불안했다. 아이가 불편해서 울 때면 '엄마, 나한테 왜 이래요?'라면서 우는 것 같아 심장이 쿵쾅거렸다. 남들은 잘 키우는 것 같은데 나만 아이를 잘못 키우는 것 같았다. 공부를 잘하고 못하고는 나의 노력 여하에 따라 충분히 달라질 수 있었다. 하지만 육아는 완전히 달랐다. 육아는 매번 새롭다. 실수하면 내가 아니라 아이에게 피해가 간다. 그래서 더욱 조심스럽다. 엄마라는 이름표는 실수를 용납하기 어렵게 만든다.

아이는 2,000번을 넘어지면서 걸음마를 배운다고 한다. 2,000번이라는 실패를 경험한 후에야 비로소 아장아장 걷기 시작한다. 걷는 것뿐만 아니라 아이는 모든 것을 여러 번의 실수와 실패를 통해 배운다. 음식을 숟가락으로 퍼서 입으로 집어넣는 단순한 행동조차도 얼마나 많은 시행착오가 필요한 일인지, 젖병에서 빨대 컵으로 그리고 빨대 없이 컵으로 직접 물을 마시는 일이 얼마나 놀라운 성장인지 아이를 키우면서 비로소 알게 되었다.

이런 아이의 성장 과정을 지켜보면서 내 모습을 비추어 본다. 엄마인 나도 당연히 실수하면서 커가는 것 아닐까? 나도 엄마가 처음인데 잘하지 못하는 건 어쩌면 너무나 당연한 일이다. 엄마라서 실수하면 안 된다는 생각. 그 생각에 사로잡혀 나 자신을 못살게 굴었다. 실수가 쌓인 만큼 엄마가 되어가고 있다는 걸 이제야 깨달았다. 어느덧 아이는 다섯 살. 아직도 나는 초보 엄마이고 여전히 실수는 반복된다. 하지만 예전보다는 마음이 여유로워졌다. 아이가 어느 정도 크기도 했지만 실수하는 것을 예전만큼이나 두려워하지 않는다. 아이를 키우며 했던 모든 실수가 나를 진짜 엄마로 만들었다. 그때 했던 어처구니없는 실수들은 두고두고 추억으로 남는다.

완벽한 엄마가 될 필요는 없다. 매일 새로운 육아, 내 뜻대로 되지 않는 육아다. 엄마의 실수는 당연하고 완벽하기란 사실 어렵다. 조금은 부족한 내가 되는 것. 그러한 내 모습을 받아들이는 것. 그것이 진짜 엄마가 되는 길이다. 부족한 엄마라도 좋다. 엄마도 엄마가 처음이니까, 다 괜찮다.

.

엄마, 내가 호하고 밴드 붙여줄게

내 손가락의 작은 상처를 발견한 아이가 걱정스러운 눈으로 날 바라보며 말한다.

"엄마, 내가 호하고 밴드 붙여줄게."

정성스레 호~ 불어주고는 고사리 같은 작은 손으로 열심히 밴드를 붙여준다. 엉성하게 붙어있는 손가락의 밴드를 보며 마음이 뭉클해진다. 침대에 누워 응애응애 울기만 하던 작은 아이가 언제 이렇게 커서 엄마의 아픔까지 토닥여줄 수 있게 된 걸까.

아이는 이제 겨우 5살이다. 하지만 5살 인생을 사는 동안 크고 작은 아픔을 겪었다. 신체적인 아픔은 아이의 몸을 크게 만들었고, 정신적인 아픔은 마음을 자라게 했다. 아이가 몸이 아플 때마다 근심하는 내게 늘 엄마는 이야기했다. 애들은 아프면서 크는 거라고….

그런데 신기하게도 정말 그랬다. 대차게 아프고 난 후에 아이는 전보다 많이 자랐다. 키도 자랐고 몸무게도 늘었다. 심지어 말도 더 늘었다. 평소에 하지 않던 말을 어느 순간 툭툭 내뱉을 때마다 도대체 이런 말은 어디서 배웠는지 신기할 따름이었다.

하지만 더욱 신기한 것은 아이의 마음이 자라는 것을 보는 것이다. 어린이집 문 앞에서 숱한 이별을 겪고 이제는 쿨하게 손을 흔든다. 얼마 전에는 이렇게까지 말했다.

"나 어린이집 잘 다녀올게. 이따 만나."

이런 말을 할 수 있을 정도로 아이의 마음은 자란 것이다.

매일 엄마와의 이별 그리고 기다림 속에서 아이는 때론 상처를 받기도 했을 것이다. 엄마인 나 역시 매일 아침 원치 않는 이별 앞에서 매우 괴롭고 힘들었다. 눈물을 훔치며 출근하는 길, 수없이 흔들리고 자책했다. 아직도 아이를 두고 출근하는 길이 마음 편하지만은 않다. 아이도 역시 엄마와의 헤어짐은 여전히 아쉽다.

"엄마, 우리 어디 가요?"

"어린이집에 가지."

"(실망한 표정으로) 난 엄마가 좋은데…."

이렇게 말하면서도 어린이집 문 앞에서 밝게 인사하며 들어가는 아이. 엄마와 더 놀고 싶지만, 엄마는 회사로 자기는 어린이집으로 가야 한다는 사실을 이제는 분명히 알고 있다. 아픔을 통해 아이는 정말 많이 자랐다.

아이가 아파하는 만큼 엄마도 아프다. 아이가 낯선 세상 앞에서 두려워할 때 엄마도 모든 것이 처음이라 불안하고 무섭다. 아이는 소리 내어 울기라도 하지만 엄마는 아파도 슬퍼도 늘 입술을 깨물며 참아야 한다. 아이가 잠든 후 숨죽여 눈물을 훔칠 뿐 내 감정을 온전히 토해내지 못한다. 엄마는 아파도 아프다고 말할 수 없다.

얼마 전 큰 소동이 있었다. 일요일이었지만 남편은 아침 일찍 볼 일이 있어 외출했고 집에는 나와 아이 둘뿐이었다. 매번 낮잠 안 잔다고 버티던 아이가 이날은 알아서 낮잠을 잤다. 아이가 깊이 잠든 것을 확인한 뒤 나는 쓰레기를 버리기 위해 밖으로 잠깐 나왔다. 쓰레기를 버리고 콧노래를 흥얼거리며 다시 집으로 돌아왔다. 그런데 현관문이 열리지 않았다. 현관 도어락의 방식은 버튼형이 아니고 터치형이었는데 배터리가 방전된 건지 뭐가 문제인지 완전히 먹통이 되어서 터치가 전혀 되지를 않았다. 머릿속이 하얘졌다. 나는 추리닝 바람에 핸드폰도 없이 맨몸으로 나왔다. 집 안에는 아이가 혼자 자고 있다. 남편도 집에 없다. 현관문은 아무리 애를 써도 열리지를 않는다.

나는 패닉 상태에 빠졌다. 심지어 내가 문을 하도 흔들어서 아이가 그 소리를 듣고 깼는지 문 앞에서 울기 시작했다. 아이의 울음소리를 듣자 나는 완전히 두 다리가 풀렸다.

"울지마, 엄마야. 문이 고장 나서 안 열리네. 문 열어
줄 수 있어?"

나는 가당치 않는 희망을 품고 아이가 문을 열어주기
를 기다렸다. 하지만 나만큼이나 불안한 아이는 더 크게
엄마를 찾으며 울 뿐이었다. 할 수 없이 나는 경비실로 뛰
어 내려갔다. 죄 없는 경비 아저씨를 붙들고 울며불며 자
초지종을 설명했다. 사람을 보내주겠다는 말을 듣고 나
서 다시 집으로 올라왔다. 두 손이 다 빨개지도록 수없이
번호를 두드렸다. 얼마나 지났을까? 갑자기 '띠리릭' 소리
가 나더니 번호가 눌리기 시작했다! 나는 재빨리 비밀번
호를 눌렀다. 드디어 현관문이 열렸다. 머리가 산발이 된
채 아이는 문 앞에서 울고 있었다. 나 역시 만신창이가 되
어 아이를 안고 꺽꺽 소리를 내어 울었다.

사건이 해결된 후에야 사이렌을 울리며 경찰이 출동
하듯, 수리기사가 도착했다. 나는 괜히 민망해서 아무것
도 한 것 없는 아저씨에게 고맙다는 인사만 연신 하고 집
으로 들어왔다. 아이와 나, 우리는 서로를 안고 한참을 울
었다. 아이보다 내가 더 많이 울었다. 자기 앞에서 우는 엄
마를 처음 마주한 아이는 울면서도 당황한 표정이었다.
아이는 이내 울음을 멈추고 놀기 시작했지만 내 마음은

쉬이 가라앉지를 않았다.

이 사건이 있기 전까지 나는 아이 앞에서 울어본 적
이 없다. 대부분의 눈물은 아이와 남편 몰래 나 혼자 아
픔을 삭이며 흘렸다. 일과 육아에 치여 너무 힘이 들어서,
아이에게 더 잘해주지 못해 미안해서, 남편의 아무 생각
없는 말 한마디에 상처를 받아서, 나와 같은 처지의 이야
기들에 공감되어서…. 다양한 이유로 감정의 파도가 몰아
쳐 아이를 재우고 혼자 훌쩍거렸다.

하지만 이렇게 아이 앞에서 울어보긴 처음이다. 우리
는 서로 같은 감정을 공유하며 울었다. 서로를 꼭 안은 채
로 함께 울고 위로를 받았다. 울고 있는 나를 우는 얼굴로
위로해 주는 아이를 바라보며 영원히 엄마로서 널 지켜주
어야겠다 생각했다. 아이와 나는 이날 이후 더욱 돈독해
졌다.

정재영 작가의 <왜 아이에게 그런 말을 했을까>에
는 이런 글이 적혀 있다.

미국 로스앤젤레스 캘리포니아 주립대(UCLA) 데이비
드 게펜 의대 교수이자 정신과 의사 로빈 버만이 미국의
육아 매체 '마덜리'와의 인터뷰에서 이렇게 이야기했다.

"정신 건강을 위해서는 감정을 회피하지 않고 받아들이는 것이 가장 중요하다."

자신의 감정을 숨기지 않고 있는 그대로 표출하는 것, 아이와 엄마에게 모두 중요하다. 엄마라서 참지 않아도 된다. 충분히 힘들어하고 울어도 좋다. 아이와 함께 아픔을 공유하면서 더욱 단단한 관계가 형성된다. 엄마와 아이, 앞으로 우리는 더 많은 아픔을 겪을 것이다. 하지만 겁낼 것 없다. 우린 서로 아프면서 함께 자랄 테니까.

나를 포기하는 게 사랑은 아니야

〰️〰️〰️〰️〰️〰️〰️〰️

　평소 존경하는 법륜스님의 <엄마 수업> 이라는 책을 읽고 적잖은 충격을 받았다. '아이와 관련해서 일차적인 책임은 무조건 엄마에게 있다. 아빠 없이 자란 아이가 문제아가 되었다면 그건 아빠 잘못이 아니라 남편이 없어서 방황한 엄마 잘못이다. 아이가 세 살 때까지는 집 없이 텐트를 치고 살아도 엄마가 키워야 한다. 그러니 직장은 아이가 충분히 큰 다음에 다녀라.' 등의 이야기들이었다.

　존경하는 마음이 컸기에 실망감은 더욱 컸다. 그만큼 아이에게 엄마의 역할이 중요하다는 뜻이라는 건 알겠다. 하지만 무조건 엄마 탓이라느니 엄마는 돈을 벌 필요가 없다는 듯한 뉘앙스는 마음을 불편하게 했다. 나는 바로 책을 덮어버렸다.

　엄마의 희생은 왜 당연한 걸까? 지금까지 모든 엄마가 그렇게 살아왔기 때문일까? 우리의 엄마들을 보면 지금 내가 엄마로서 한참 자격 미달인 것처럼 느껴진다. 우리 시어머니만 보아도 그렇다. 막내딸로 귀하고 곱게 자라 어린 나이에 시집을 오셨다. 아이 셋을 키우며 있는 고생 없는 고생 다 하셨다. 어머니의 고생담은 이박삼일 동안 들어도 부족하다. 그 시절엔 찬물에 언 손을 녹여가며 설거지하고, 아이를 둘러업고 모든 빨래를 다 손으로 했다. 지금이야 물만 틀면 온수가 콸콸 쏟아지고 빨래는 세탁기가 하고 청소는 청소기가 하니 그 시절과 비교하면 우리가 하는 고생은 고생도 아니다. 온갖 고생은 고생대로 하고 남편과 시어머니에게 좋은 소리도 못 듣고 살았다. 그래도 자식을 위해 당신 한 몸 아끼지 않고 희생하며 사셨다. 어머니의 이야기를 들을 때마다 난 어머님이 늘 존경스럽다. 하지만 한편으로는 왜 그렇게까지 사셨는지 이해가 안 되기도 한다.

2018년 10월 27일 유튜브 '포프리쇼' 김창옥 교수의 강연을 보았다. 청중 중 한 사람이 자신의 고민을 털어놓는다. 23살, 19살의 두 아들을 키우는 워킹맘. 자식을 위해 희생하며 살지 말자고 늘 생각하지만, 생각처럼 잘 안 된다. 다 큰 두 아들이 여전히 걱정된다. 걱정하는 내가 정상일까라는 고민이었다. 이에 김창옥 교수는 답했다.

"일단 그 모습이 좋아 보이진 않는다. 이런 엄마들은 자식이 나를 조금이라도 서운하게 하면 바로 이렇게 이야기한다. '내가 널 어떻게 키웠는데….' 보상을 바라는 마음. 이것은 건강한 사랑이 아니다. 아이가 건강하고 행복하게 자라는 그 순간순간에 우리는 이미 충분한 보상을 받은 것이다."

자식을 향한 희생과 헌신적인 사랑. 그 끝에 남는 것은 '내가 널 어떻게 키웠는데….' 일지도 모른다. 자식을 위해 엄마의 책임과 역할을 충분히 하는 것은 맞다. 하지만 나를 버리면서까지 희생하며 살다 보면 원망과 서러움만 남는 인생이 되어버릴 것 같다. 나를 키워준 엄마, 그리고 남편을 키워주신 어머니. 두 분 모두 훌륭한 엄마의 인생을 사셨고 여전히 좋은 엄마이자 아내이다. 하지만 두 분에게 오롯이 나의 인생이란 없다. 누구의 엄마이자 아내로 살아왔을 뿐이다.

30대 중반인 나. 아직 젊고 하고 싶은 것도 너무나 많다. 엄마처럼, 시어머니처럼 살고 싶진 않다. 엄마라는 이유로 모든 걸 포기할 수는 없다. 엄마이지만 욕심을 내며 살고 싶다. 하고 싶은 걸 다 하면서 살고 싶다.

이런 내 모습을 보고 '헌신적 엄마의 전형'인 친정엄마는 혀를 끌끌 찼다. 어느 날, 남편에게 아이를 맡기고 친구를 만나고 온 나를 보며 '라떼는 말이야~' 가 시작되었다. 엄마는 너희를 놔두고 외출을 해 본적이 없다. 친구

만나는 건 꿈도 못 꿨다. 어떻게 자식을 놔두고 엄마가 나갈 수 있냐. 정신 차려라, 너는 엄마다….

엄마에게 이런 잔소리를 들을 때면 내가 나를 위해 욕심을 부리는 게 맞나 싶을 때도 있다. 자식에게 너무 무정한 엄마처럼 느껴지기 때문이다. 나는 왜 엄마처럼 내 아이에게 헌신적으로 하지 못할까? 나는 왜 이렇게 내 생각밖에 하지 않을까? 나를 위한 욕심이 아이에겐 상처가 되진 않을까? 라는 생각에 죄책감을 느끼기도 한다. 내 인생을 살겠다고 큰소리치지만 정작 마음속에서는 죄책감이 또 꿈틀거린다.

하고 싶은데 하지 못하는 것, 혹은 결국은 하면서도 아이에게 미안해하는 것, 둘 다 좋은 모습은 아니다. 나는 입으로는 엄마처럼 살지 않겠다고 말한다. 그러면서 한편으로는 엄마가 나에게 해준 것처럼 내 아이에게 해 주지 못해 죄책감을 느낀다. 엄마가 아닌 내 인생을 살겠다고 이것저것 욕심은 부리지만 결국 남는 것은 미안한 마음뿐이다. 하지만 엄마가 행복할 때 아이도 행복하다는 말처럼, 내가 하고 싶은 걸 하면서 즐겁고 행복하다면 아이에게 고스란히 그 행복은 전달될 것이다.

아이는 엄마에게 희생을 강요한 적이 없다. 아이에게 원치 않는 희생을 하면서 온갖 짜증과 원망 섞인 말을 내

뺕고 있는 건 아닐까. 아이를 낳고 내 인생은 이제 끝났다는 생각, 집안일과 뒤치다꺼리만 하는 서러운 인생이라는 생각을 하기 이전에 나를 기쁘게 하는 일, 내가 욕심을 부려서라도 하고 싶은 일을 찾자. 그리고 미안함은 잠시 접어두고 그 일을 하는 동안 행복을 느끼자. 그 행복은 나만의 행복이 아니다. 아이와 우리 가정의 행복이 된다.

엄마라서 모든 것을 포기하고 아무 욕심 없이 사는 것은 올바른 방법이 아니다. 결국 그런 인생 끝에 남는 것은 '내가 널 어떻게 키웠는데…' 일 뿐이다. '내가 언제 이렇게 키워달라고 했냐, 엄마도 엄마 인생을 살아'라는 말을 듣기 전에 내 인생을 살아야 한다. 나를 포기하는 것이 아이를 위한 사랑이라고 착각하지 말자. 나를 포기하는 것은 결코 건강한 사랑이 아니다. 나를 잃지 않아야 아이에게 더 큰 사랑을 줄 수 있다.

이 세상의 모든 엄마들, 더 이상 나를 포기하지 말자.

우린 충분히 잘 하고 있습니다

"얼른 일어나, 늦었어!"

매일 아침, 더 자고 싶은 아이를 흔들어 깨운다. 비몽사몽인 아이를 대충 씻기고 후다닥 집을 나선다. 어린이집으로 가는 길, 아이 눈에는 신기한 것 투성이다. 알록달록 피어난 꽃, 파릇파릇 돋아난 새싹, 쫄랑쫄랑 산책 나온 강아지, 파란 하늘에 하얀 구름…. 내 눈에는 하나도 보이지 않는 것들을 아이는 보고, 만지고, 느끼고 싶어 한다. 엄마는 지금 그렇게 꽃이나 보고 있을 시간이 없는데 아이의 걸음은 느리기만 하다. 결국, 소리를 한 번 빽 지르고 나서야 어린이집으로 향한다. 아이는 입을 삐죽이며 어린이집으로 들어간다.

엄마의 출근 때문에 아이가 희생해야 하는 것이 참 많다. 더 자고 싶은데 억지로 일어나야 하고 구경하고 싶은 것도 많은데 그냥 지나쳐버려야 한다. 내가 늦었다는 이유로 아이에게 짜증을 부릴 때면 내가 정말 이기적이고 못된 엄마인 것 같다. 아이와 좀 더 여유롭게 시간을 보낼 수 있다면 좋을 텐데…. 늘 시간이 아쉽고, 시간이 없어 아이에게 미안하다.

　복직을 하고 나서 한동안은 행복했다. 나를 잃어버린 채 엄마로만 살다가 회사로 돌아오니 나를 다시 찾은 기분이 든다. 육아의 고통에서도 잠시 벗어날 수 있고, 회사에서 일하는 동안은 예전의 나로 돌아온 것 같다. 하지만 그런 기분도 잠시뿐. 일 잘하던 과거의 내 모습은 온데간데없다. 아주 간단한 업무조차 어떻게 처리했었는지 기억이 안 나고, 해야 할 일들도 깜빡하기 일쑤다. 게다가 어린이집에 맡겨놓은 아이는 툭하면 아프다. 일이 손에 안 잡힌다. 회사를 그만둬야 하나 말아야 하나 복직한 지 얼마 되지 않아 고민에 빠진다.

　마라톤을 하기 위해 똑같이 체력을 키우고 훈련을 해온 남녀가 출발선에 선다. 출발 신호가 터지자 남녀가 나란히 달리기 시작한다. 대부분의 남성 마라토너는 "힘내! 자기 페이스를 유지해!"라는 응원을 듣는다. 하지만 여성 마라토너가 듣는 메시지는 다르다. "이렇게까지 달릴 필요는 없잖아!", "출발은 좋았어. 하지만 끝까지 달리고 싶지는 않을 거야."라고 말한다. 달릴수록 남성을 응원하는 함성은 커지지만, 여성 마라토너 귀에는 자신이 기울이는 노력을 의심하는 목소리가 점점 크게 들리기 시작한다. 밖에서 들리는 목소리와 자기 내면에서 들리는 목소리가 계속 달리려는 결심을 흔들어댄다. 여성이 가혹한 경주를 견뎌내려고 버둥거릴수록 구경꾼들은 "아이들이 집에서 어머니를 필요로 하는데 어째서 지금 여기서 뛰고 있는 거지?"라고 소리친다. _ 셰릴 샌드버그의 책 <린 인(Lean In)> 중

'그렇게까지 달릴 필요는 없잖아?' 내 안에서 끊임없이 올라오는 질문이다. 또한 나를 바라보는 다른 이들의 눈에서도 같은 질문을 읽을 수 있다. 이런 의심은 나를 안팎으로 흔들어댄다. 하루하루가 불안하고 매일 흔들리는 우리. 내가 지금 잘 하고 있는 건지, 언제까지 이렇게 고단한 삶을 살아야 하는 건지, 가슴이 답답하고 막막하기만 하다.

이렇게 사는 것이 늘 고되고 그만둬버리고 싶을 때가 한두 번이 아니다. 나는 사회적으로 대단한 지위를 가진 성공한 여성도 아니고 육아를 훌륭하게 잘하는 엄마도 아니다. 그저 평범한 월급쟁이 직장인이자 매일 아이와 전쟁을 치르며 날로 성격이 괴팍해져 가는 엄마일 뿐이다. 워킹맘을 향한 공감과 위로의 메시지를 주고자 책

을 쓰기로 결심했지만 책을 쓰는 이 순간에도 여전히 퇴사를 고민하고, 구직사이트를 들락거린다. 아이에게는 늘 화를 내고 짜증을 부리면서 책을 쓰겠다고 앉아있는 내 모습이 어떨 땐 참 우습게 느껴지기도 한다.

하지만 그렇기 때문에 내 이야기가 위로가 될 수 있지 않을까? 당신만 그렇게 사는 것이 아니다. 우리는 비슷한 이유로 힘들어하고 고민하고 있다. 나만 못하는 게 아니라 모두 그렇게 살고 있다.

다른 엄마들은 일도 육아도 다 잘 해내는 것 같아서 자꾸 위축되고 불안하다. SNS를 보면 일도 잘하고, 자기관리도 훌륭하고, 아이도 예쁘게 잘 키우는 모습들을 자주 본다. 하지만 SNS는 그 사람의 인생의 단편만 보는 것일 뿐이다. 우리가 보지 못한 우리와 똑같은 일상이 그 예쁜 엄마에게도 반드시 있다. 남의 인생의 단편을 보며 내 인생을 판단할 필요는 없다. 우리는 모두 각자 훌륭하게 잘 해내고 있다.

아이를 낳기 전, 내가 이렇게 해내리라고 상상이나 해봤을까? 난 내가 아이를 키우며 일을 하고 집안일까지 해낼 거라 상상도 하지 못했다. 만삭의 몸으로 회사에 다니면서 난 반드시 육아휴직 후에 퇴사하리라 장담했었다. 도저히 아이를 키우면서 일까지 할 자신이 없었기 때문이다. 하지만 난 복직을 했고, 6개월만 버텨야지 하는 마음으로 다닌 회사는 3년째 다니고 있다.

복직 후 3년이라는 시간 동안 많은 일들이 있었고, 아이도 나도 참 힘든 시간을 겪어왔다. 그사이 우리는 익숙해졌다. 엄마는 회사로 아이는 어린이집으로 가는 일상이 자연스러워졌다. 물론 여전히 아이를 내 품에 안고 있을 때면 이런 시간이 더 많다면 얼마나 좋을까 내심 아쉬운 마음이 들곤 한다. 아이에게 더 많은 사랑을 주지 못하는 것 같고 바쁘다는 핑계로 너무나 무심한 것 같아 미안한 마음이다.

아이와 가정에 미안한 마음. 우린 항상 무거운 미안함을 마음에 안고 산다. 미안해하지 않으려고 해도 늘 미안한 마음뿐이다. 하지만 일하는 엄마라 더 미안해할 것 없다. 일도 육아도 모두 해내고 있는 그 자체로 우린 대단한 거니까. 더 잘하려고 애쓰지 말고, 잘하지 못해서 미안해하지도 말자. 우린 지금 충분히 잘하고 있다.

3부

일
과

육
아

사
이

엄마라면 더 독하게

～～～～～

퇴근길에 들른 편의점. 물건을 고르고 계산대에 올려놓는다. 무표정한 얼굴의 알바생은 바코드를 찍고는 퉁명스럽게 이야기한다.

"삼천 원이요."

"비닐에 좀 담아주시겠어요?"

알바생은 신경질적으로 비닐을 휙 꺼내 테이블에 놓는다. 말없이 비닐에 물건을 담고 '수고하세요' 인사를 남기고 돌아섰지만 아무런 대답이 없다. 알바생은 그러거나 말거나 자기 할 일을 다 했다는 듯 바로 핸드폰으로 눈을 돌린다.

집으로 돌아가는 길, 기분이 썩 좋지 않다. 아무리 알바생이라지만 기본적인 예의도 없고, 본인의 일에 너무 무성의한 태도다. 물론 어떤 자세로 그 일을 하는 건지 모르는 바는 아니다. 주어진 시간에 주어진 일만 하고 시급만 받아 가면 그만인 것이다. 그러니 열정적으로 일할 이유도 없고 친절까지 할 필요는 더더욱 없었을 것이다.

다음 날, 회사 책상에 앉아 무심코 거울 속 내 얼굴을 보았다. 가만 들여다보니 어제 그 알바생과 닮아 있다. 무기력한 얼굴, 의욕 없는 태도, 시키는 일만 하면 그만이라는 생각…. 내 모습 또한 알바생과 다를 바가 없었다. 나는 여기서 왜 일하는 걸까? 그저 시간만 채우고 자리만 지키고 있는 건 아닐까? 무얼 해 보겠다는 열정과 의지는 다 어디로 가 버린 걸까? 거울 속 나는 그저 멍하니 컴퓨터 화면만 바라보고 있을 뿐이었다.

아이를 낳고 일을 하면서 나는 더욱 무기력해졌다. 열정적으로 일할 에너지가 없었다. 회사 일보다는 아이에게 더 마음이 쓰일 수밖에 없었다. 육아만으로도 충분히 힘든데 회사까지 다니려니 마음은 늘 불만으로 가득 차 있었다. 내심 이런 날 회사에서 이해해 줄 것이라는 생각을 가지고 있었다. 나는 아이를 키우니까 내 사정을 충분히 알아줄 거란 착각을 하고 있었다.

그런데 그런 생각은 나의 완벽한 오해였음을 깨달은 사건이 있었다. 코로나19로 갑작스러운 휴원이 결정되었을 때였다. 아이가 자주 다니던 병원에 코로나19 확진자가 다녀갔다. 그 일로 시에서는 어린이집 휴원 권고를 내렸다. 일요일 저녁이었다. 당장 내일 출근을 해야 하는데 휴원이라니…. 물론 어린이집에서는 맞벌이 가정은 아이를 보내도 좋다고 했다. 하지만 극도로 불안해져 있는 상태에서 아이를 어린이집에 보내고 출근할 수가 없었다. 일단 월요일만 휴가를 내고 상황을 지켜봐야 할 것 같았다. 팀장님께 사정을 말씀드리고 그렇게 하루를 쉬었다. 갑작스러운 휴가로 회사에 미안한 마음이 들었지만, 그것보다 나는 아이가 우선이었다.

며칠 후 친한 동료로부터 메시지가 도착했다. 들었는지 모르겠지만 나에 대해 안 좋은 이야기들이 오가는데 혹시나 알게 되더라도 신경 쓰지 말고 상처받지 말라는 내용이었다. 머리가 띵 했다. 지금까지 나는 완전히 착각 속에 살고 있었음을 깨달았다. 내 사정 따위는 이해받을 수 있는 게 아니었다. '아이를 키우니까 어쩔 수 없지.'라는 생각은 온전히 내 생각이었다. 주변 사람들은 겉으로는 날 이해하는 척했지만, 속으로는 별수 없는 애 엄마라고 판단하고 있었다.

엄마니까 이해받길 기대해서는 안 되는 것이었다. 엄마라서 더 독하게, 열심히 일해야 하는 게 맞다. 아이를 키우며 일하다 보면 늘 어쩔 수 없는 상황, 예기치 못한 상황이 발생하기 마련이다. 그럴 때마다 회사에 양해를 구하고 하던 일을 미룬 채 집으로 발길을 돌려야 한다. 그런 나를 왜 회사가 늘 이해해주길 바랐던 걸까. 일을 미뤄둔

만큼 더 열심히, 열정을 가지고 일해야 했다.

아이가 있다는 이유는 핑계에 불과하다. 집에서는 육아에 전념하고 회사에서는 내 일에 몰두해야 한다. 우린 남들보다 두, 세배의 노력을 더 해야 성과를 낼 수 있다. 조금은 억울한 마음도 든다. 하지만 회사의 입장에서 아이가 있고 살림도 해야 하는 것은 순전히 내 사정일 뿐이다. 주어진 시간에 집중하고, 내 일에 책임과 열정을 쏟아내야 한다.

성공한 여성 예술가들의 습관에 대하여 다룬 책, <예술하는 습관>에서 아이를 키우며 영화를 만든 영화감독 '아녜스 바르다'의 이야기가 인상 깊었다. 남성 중심적인 20세기 프랑스 영화계에서 입지를 굳힌 최초의 여성 감독 아녜스 바르다. 그녀는 둘째 아이를 출산한 지 1년밖에 되지 않은 상황에서 1년 안에 새 영화를 제작해야 했다. 그녀의 경험상 세트장에서 아이를 돌보며 영화를 만드는 일은 불가능했다. 하지만 그녀는 포기하지 않았다. 결국 집에서 영화를 제작하기로 했다.

"나에게 새로운 탯줄이 생겼다고 상상하고 우리 집 두꺼비집에 특별한 80미터짜리 전선을 연결해놓았다. 그러고는 그 전선 안쪽 공간에서만 촬영하기로 마음먹었다. 그 공간 안에서 필요한 모든 것을 찾아냈고 그 바깥으로 나가지 않았다.”

바르다의 계획은 성공적이었다. 충분히 집 안에서 훌륭한 영화를 제작해낼 수 있었다.

본인에게 주어진 한계를 극복하고 순수한 열정으로 결국 성공에 이른 여성은 또 있다. 누구나 알고 있는 유명한 디즈니 애니메이션 <겨울왕국>의 감독 제니퍼 리. 그녀는 2011년 디즈니 애니메이션 스튜디오에 입사해 7년 만에 디즈니 사상 첫 여성 최고 크리에이티브 책임자(CCO·Chief Creative Officer)가 됐다. 대학원을 다니며 첫 아이를 낳고 싱글맘으로 아이를 키우면서도 일에 대한 열정을 놓지 않았다. 그녀는 한 인터뷰에서 이렇게 이야기했다.

“아이 덕분에 번개같이 글 쓰는 법을 배웠습니다. 아이가 낮잠 잘 때 얼른 써야 하니까요. 단 몇 분도 너무 소중했습니다. 디즈니에선 서로 이런 농담을 합니다. ‘우리가 엄마라서 여러 가지 일을 동시에 하는 멀티태스킹이 되는 거야.’ 그런데 저는 이 말이 농담이라고 생각 안 해요. 영화 제작자의 삶에 ‘엄마’가 다른 에너지를 주고, 일상을 느슨하게 하지 않는 거죠.”

지극히 남성 중심적인 할리우드에서 그녀는 이런 상황을 극복할 방법은 ‘일로 보여주는 것’이라 생각했다. 매일같이 자신이 작업한 것들을 보여주었고 늘 작업에 집중했다. 회의할 때 그 방에 있는 유일한 여성이어도 수줍어하지 않고 자신의 의견을 쏟아냈다. 이러한 열정으로 그녀는 겨울왕국 1, 2를 연달아 성공시켰다.

엄마가 되었다는 이유로 일을 덜 하거나 느슨하게 해도 된다고 생각해서는 안 된다. 앞으로 계속해서 일할 거라면 우리는 일로써 보여 줘야 한다. 나는 충분히 이만큼 해낼 수 있는 사람임을, 아이가 있더라도 내 책임을 다해내는 사람임을, 회사에서 분명한 가치가 있는 사람임을 증명해 내야 한다. 누구보다 힘든 우리, 그래도 어쩔 수 없다. 독하게 마음먹고 출근하는 수밖에.

"타다가 만 장작이 불길을 낼 수 없듯이 맥 빠진 사람 역시 열정을 낼 수 없다. 열정은 최대의 노력을 다하도록 북돋워 주고 고된 노동조차 즐거운 일로 바꾸어 준다."

_ 영국의 정치가 볼드윈

회식, 갈 수도 없고 안 갈 수도 없고

퇴근 시간을 앞두고 날아든 부장님의 한 마디.

"다들 별일 없으면 저녁이나 먹고 가지."

매일 별일이 있는 내겐 청천벽력 같은 소리다. 급히 남편에게 메시지를 보냈다.

'오늘 일찍 들어올 수 있어? 갑자기 회식한다는데….'

'난 아무리 빨리 가도 8시나 될 텐데…. 어쩌지?'

한숨이 푹 나온다. 이런 갑작스러운 회식은 도저히 대안이 없다. 결국 슬금슬금 눈치를 보며 부장님께 이야기한다.

"부장님, 죄송하지만 저는 아이 때문에 회식에 참석 못 할 것 같습니다."

"그래? 잘됐네. 회식비 굳었구먼!"

부장님의 시답잖은 농담에 어색하게 웃으며 돌아섰다. 매번 갑작스러운 회식 때마다 내 마음은 불편하다. 괜찮다고 말하지만 정말 괜찮게 생각하는 건지, 나 홀로 조직에 어울리지 못하는 사람이 되어버리는 것 같다.

아이를 낳고 회사 생활을 하면서 회식은 가장 피하고 싶은 순간이었다. 남편은 거의 매일이 야근이라 아이를 데리러 가기 힘들었다. 어린이집에서는 늦게까지 아이를 봐줘서 맡겨 둘 수는 있었다. 하지만 엄마가 먹고 노느라 어린이집에 늦은 시간까지 아이를 맡겨두긴 싫었다. 누군가에게는 아쉬운 소리를 해야 하는 상황이라 회식은 내게 반갑지 않았다. 그래서 회식을 할 것 같은 분위기가 감지되면 바짝 긴장되었다. 제발 회식이 취소되길 간절히 바라기도 했다.

　　그렇다고 해서 회식이 싫은 것은 아니다. 나는 사실 누구보다 회식에 가고 싶다. 집에 가서 저녁 차릴 걱정 없이 실컷 맛있는 음식을 먹고 싶다. 동료들과 술 한 잔 기울이며 이런저런 이야기도 나누고 싶다. 회식 자리가 아니고서야 동료들과 허심탄회하게 얘기할 기회도 없다. 미처 알지 못했던 새로운 사실들도 회식 자리에서 알게 된다.

　　어쩌다 회식 자리에 가게 되더라도 마음이 편하지는 않다. 밥을 먹어도 먹는 것 같지 않고 마음을 터놓고 이야기하기는커녕 언제 빠져나갈지 시계만 보고 있다. 엄마를 기다리고 있을 아이와 그런 아이를 돌보고 있을 남편이나 친정엄마, 혹은 어린이집 선생님이 마음에 걸려 회식 자리가 가시방석이다.

하루는 친정엄마가 아이를 돌봐주러 우리 집에 오신 적이 있다. 그런데 그날 마침 회식이 잡혔다.

"엄마, 오늘 회식이라서 조금 늦을 것 같아. 밥만 먹고 얼른 들어갈게."

"갑자기 회식? 알겠어. 엄마도 내일 출근이라 부담스러우니까 너무 늦지 않게 와."

다행히 엄마가 집에 있어서 조금은 가벼운 마음으로 회식에 참석할 수 있었다. 하지만 내일 아침 일찍 일하러 나가야 하는 엄마에게 늦게까지 아이를 맡길 수는 없었다. 저녁만 후딱 먹고 들어가야겠다 생각했다.

밥은 다 먹었는데 집에 갈 타이밍을 잡기가 쉽지 않았다. 부장님의 일장 연설에 모두 고개를 끄덕이며 앉아 있었는데, 도저히 먼저 가봐야겠다는 말을 꺼낼 수 있는 분위기가 아니었다. 뭐라 말씀하시는지 귀에 하나도 들어오질 않고 하염없이 흐르는 시간만 바라볼 뿐이었다. 시간은 벌써 8시를 훌쩍 넘어있었고, 엄마는 연신 메시지를 보냈다.

'언제 오니? 엄마도 집에 가야 하는데⋯.'

'벌써 9시가 다 돼간다. 엄마 생각은 안 하니?'

내 타들어 가는 속도 모르고 부장님은 신이 나서 계속 이야기 중이셨다. 영혼 없는 리액션만 오가는 와중에

드디어 회식이 끝이 났다. 나는 부리나케 일어나 인사를 하고 잽싸게 집으로 향했다. 집에 도착하니 9시가 넘었다. 엄마는 피곤과 짜증이 뒤섞인 얼굴이었다. 엄마에게 너무나 미안한 마음이 들었다. 하지만 나도 어쩔 수 없는 상황이었는데 이해해주지 못하는 엄마가 조금은 야속하기도 했다.

"너는 너 생각만 하니? 엄마도 내일 출근이라 힘든데! 갈게."

화가 난 엄마가 현관문을 쾅 닫고 나가는 순간, 눈물이 핑 돌았다. 나라고 그러고 싶어서 그랬을까. 그렇다고 마음 편히 먹고 논 것도 아니었다. 회식 자리에서 내내 내 마음이 얼마나 불편했는데…. 아무도 내 속을 몰라주는 것 같다.

아이를 낳기 전, 결혼 전에는 회식은 물론, 회사 동료들과 소소한 모임도 자주 가졌다. 그런 자리가 참 즐거웠고 일하면서 받은 스트레스도 끈끈한 동료애로 쉽게 풀어낼 수도 있었다. 하지만 아이를 낳고 나서는 완전히 상황이 달라졌다. 퇴근 후 곧장 집으로 달려가는 것이 너무나 당연해졌다. 회식에 가거나 동료들끼리 모여 술 한잔하기란 꿈같은 이야기가 되어버렸다. 하지만 일을 하는 이상 그런 자리에 전혀 안 갈 수도 없는 노릇이었다. 결국 나는 나만의 방식으로 회식에 참여하기로 했다.

첫 번째 방법은 정말 밥만 먹고 가기이다. 미리 부장님이나 팀장님에게 통보한다.

"저는 아이를 데리러 가야 하니까 밥만 먹고 7시에 일어나겠습니다."

아예 빠지는 것보다 밥이라도 먹고 가면 내 마음도 편하고 상사 마음도 편하다. 물론 정말로 밥숟가락 내려놓고 정각 7시에 일어서기란 쉬운 일은 아니지만 눈치껏, 혼란을 틈타, 지체 없이, 자연스럽게 일어서면 된다.

두 번째 방법은 아이를 회식에 데려가기이다. 회식은 해야겠는데 내가 마음에 걸렸던 팀장님이 제안해 주신 방법이다. 아이 때문에 회식을 꺼리는 날 보시더니 이렇게 이야기했다.

"장대리! 집 근처에서 회식하면 되겠네! 애 데리고 와. 우리가 먼저 가서 자리 잡고 있을게."

전혀 생각지도 않은 방법이었다. 나는 집 근처 괜찮은 맛집을 찾아 예약한 뒤, 퇴근 후 아이를 데리고 회식 장소로 갔다. 아이가 곁에 있으니 나는 편안한 마음으로 회식에 참여할 수 있었다. 물론 아이를 보느라 밥이 입으로 들어가는지 코로 들어가는지 알 수는 없었지만 불편한 마음으로 먹는 것보다 훨씬 나았다. 사실 이 방법은 팀장님과 팀원들의 배려 없이는 쉽진 않다. 하지만 회식 장소가 집과 가깝다면 한 번쯤은 해볼 만하다.

　세 번째 방법은 우리 집에 초대하기이다. 이 방법은 회식이 아닌 동료들과 모임에 적합한 방법이다. 퇴근 후 동료들의 저녁 모임에 참석할 수 없어 늘 아쉽던 차에 '그럼 우리 집에서 먹으면 되지 않을까?'라는 생각이 퍼뜩 들었다. 동료들 역시 이 방법에 적극 찬성을 했다. 음식은 배달시키거나 함께 요리해서 먹기로 했다. 나는 내 집에서 편안히 동료들과 먹고 놀 수 있어서 더할 나위 없이 좋았다. 아이 역시 자기와 놀아주고 예뻐해 주는 사람들과 함께 있으니 행복해 보였다. 마음이 맞는 회사 동료들과 마음을 나눌 시간이 없어 아쉽다면 우리 집에 초대해보는 건 어떨까?

　2016년 잡코리아가 일하는 부모 905명을 대상으로 실시한 설문조사에 따르면, 결혼 후 아이가 생기면서 포기해야 하는 것 중 1위가 바로 회식이라고 한다. 그렇지만 정말로 포기하기란 쉽지 않은 게 우리의 회식 문화이다. 물론 이전에 비하면 회식이 많이 줄어들었다. 주 52시간 제도, 워라밸을 중요시하는 사회, 코로나 등의 이유로 회식은 전처럼 자주 하지 않는다. 하지만 줄어든 만큼 안 가기가 더 눈치 보인다.

갈 수도 없고 안 갈 수도 없는 회식, 나만의 방법을 찾아 현명하게 대처하는 능력이 필요하다.

엄마가 화내서 미안해

저녁 7시. 나의 육아 출근 시간이다. 아침에 헤어진 엄마를 다시 만난 아이는 즐거워서 방방 뛴다. 나 역시 온종일 보고 싶던 아이를 만나 반갑다. 하지만 만남의 즐거움도 잠시뿐, 우리 집 현관문을 여는 순간 짜증이 밀려온다. 해야 할 일들이 마구잡이로 내 눈에 들어온다. 가뜩이나 회사에서 업무에 치여 스트레스를 받은 나는 짜증이 배로 늘어난다.

밀린 설거지를 하고 있는데 혼자 놀던 아이가 심심해졌는지 내게로 달려온다. 내 다리에 들러붙어 날 귀찮게 한다. 엄마와 놀고 싶어서 그러는 것을 다 알면서도 짜증이 있는 대로 난 나는 아이에게 날카롭게 말을 내던지고 만다.

"엄마 설거지하고 있잖아, 저리 가서 놀아! 엄마 힘들어!"

아이는 몇 번을 더 다리에 매달리더니 이내 풀이 죽어 가버린다. 돌아서는 아이를 보면서 아차 싶다. 아이는 잘못한 게 아무것도 없는데 나는 아이에게 화풀이한 것 같다. 내 감정을 조절하지 못한 채 아이에게 쏟아버리고만 것이다.

　　퇴근 후 나는 지칠 대로 지쳐있다. 집에 돌아와 드러누워 버리고 싶지만 그럴 수가 없다. 엄마만 기다리던 아이를 데려와 돌봐야 하고, 저녁을 챙겨야 하고, 밀린 집안일까지 해치워야 한다. 온종일 일만 하는 기분이다. 회사일이 마냥 즐겁다면 그나마 낫겠지만 그런 사람이 몇이나 될까. 대부분 우리는 피곤과 짜증을 함께 데리고 집으로 돌아온다. 몸이 힘드니 마음도 내 뜻대로 되질 않는다. 누군가 조금만 신경을 거슬리게 하면 참지 못하고 터뜨려버린다.

　　바로 그 대상이 아이가 된다. 내 안의 짜증은 그 어떤 것도 아이가 원인이 아니다. 안 풀리는 회사일, 날 열 받게 하는 직장 상사, 해도 해도 끝이 없는 집안일 등이 원인이다. 이유는 다 다른 곳에 있는데 애먼 아이에게 내 화를 푼다. 나도 모르게 아이에게 온갖 짜증을 부리고 난 뒤 아이 표정을 본 적이 있다. 아이는 나한테 왜 이러는지 모르겠다는 어리둥절한 표정으로 날 바라보고 있었다. 엄마랑 놀고 싶어서 왔을 뿐인데 엄마는 왜 짜증을 내는 걸까? 아이의 표정을 보며 늘 반성하게 된다.

소아정신과 전문의 신의진 교수의 책 <대한민국에서 일하는 엄마로 산다는 것>에서 저자는 이렇게 이야기했다.

"당신이 머물고 있는 공간에 맞게 on/off 스위치를 바꿀 것. 지금 잘 안 된다 하더라도 그렇게 될 때까지 할 수 있는 한 훈련을 하라. 그것이 불가능하다면 일하는 엄마로 살면서 행복과 성공을 얻기는 힘들다."

집과 회사 각각 다른 스위치를 켜고 꺼야 한다. 회사에서 힘들고 안 좋은 일이 생겨 예민해져 있더라도 그 감정을 그대로 집으로 가져와서는 안 된다. 반대로 집에서 힘든 일이 있었다고 해서 회사에까지 그 일을 끌고 가선 안 된다. 나의 불편한 감정 때문에 피해를 보는 것은 내 주변 사람들이다. 특히 내 아이가 받는 상처를 늘 생각해야 한다. 겉으로 보기엔 아무렇지 않은듯하지만, 엄마의 감정 쓰레기를 계속 받아내는 아이의 마음은 온전치 않을 것이다.

하지만 우리도 사람인데 마치 기계처럼 감정의 스위치를 껐다 켜는 것이 말처럼 쉽지는 않다. 나 역시 매일 깜빡하고 스위치를 제대로 누르지 않을 때가 많다. 혹은 가끔 스위치가 고장 나 버릴 때도 있다. 이럴 땐 어떡하면 좋을까?

저녁 식사 시간. 아이에게 밥상을 차려주었는데 영 시큰둥하다.

"그만 놀고 와서 밥 먹자. 밥 안 먹을 거야?"

"아니야, 먹을 거야!"

말로만 먹는다고 하고 아이는 여전히 장난감만 가지고 놀고 있다. 여러 번 이야기했지만 먹는다는 대답만 할 뿐 먹을 생각도 하지 않는다. 화가 머리끝까지 난 나는 아이의 식판을 치워버렸다. 식판이 사라지자 아이는 대성통곡을 하기 시작했다.

"밥 먹을 건데 왜 가져가!"

"엄마가 몇 번을 얘기했어! 먹으라고 했지? 네가 안 먹어서 엄마가 치운 거야!"

아이는 '엄마 미워'를 외치며 방으로 들어가 엉엉 울기 시작했다. 화가 가라앉지 않은 나는 아이를 달래주지 않고 설거지를 했다. 설거지가 다 끝나고 나니 마음이 조금 수그러들었다. 울고 있는 아이에게 다가가 부드럽게 말을 건넸다.

"왜 우는 거야?"

"엄마가 화내서 속상해."

"엄마도 네가 밥을 안 먹어서 속상해. 엄마가 밥 먹으라고 얘기했어, 안 했어?"

"했어."

"그런데 네가 밥을 먹었어, 안 먹었어?"

"안 먹었어."

"그럼 엄마가 화가 나겠어, 안 나겠어?"

"나겠어."

"그래. 그래서 엄마가 화낸 거야. 화내서 미안해. 하지만 엄마도 속상해서 그랬어."

대화가 끝나기 무섭게 아이는 밝게 웃었다. 자신도 미안했는지 날 꼭 안아주었다.

아이에게 화를 낼 수 있다. 하지만 화를 내고 나서 곰곰이 생각해보았다. 내가 지금 화가 나는 이유가 뭘까? 내 감정을 깊이 들여다보았다. 아이가 밥을 안 먹어서 화가 난 걸까? 아니다. 밥을 빨리 먹어야 치우고, 씻기고, 재우는데, 내 머릿속 계산과 맞아떨어지지 않으니 화가 났다. 나는 이렇게 마음이 바빠 죽겠는데 티비만 보고 있는 남편을 보고 있으니 속이 뒤집어졌다. 결국 안에서 부글부글 끓는 감정이 아이에게 터져버리고 만 것이다.

하지만 나는 안에서 올라오는 욱하는 감정을 억누르지 못한 채 화를 내더라도 이 두 가지만 반드시 지키기로 했다. 아이에게 나의 감정을 정확히 설명해주는 것. 그리고 반드시 사과하는 것.

화를 내고 난 뒤 상황이 대충 얼버무려지면 아이와 나의 상처는 그냥 묻힌다. 늘 이렇게 화를 내고 끝내버리면 계속해서 상처가 쌓이고 쌓일 수밖에 없다. 하지만 내가 왜 화를 낸 건지 정확하고 솔직하게 설명해주면 아이는 의외로 쉽게 받아들인다. 서로에게 감정이 쌓일 것도 없다. 이렇게 설명을 하고 나면 나는 아이에게 진심으로 사과를 하게 된다. 그 진심은 아이에게 반드시 통하게 되어있다. 내 진심이 통했는지는 아이의 눈과 나를 안아주는 작은 손에서 충분히 느낄 수 있다.

아이는 내 감정 쓰레기를 받아주는 쓰레기통이 아니다. 내 감정의 쓰레기들을 던지기 전에 한 번만 더 생각해보자. 내가 너무 쉽게 아이에게 감정을 내다 버리는 것은 아닌지. 이미 너무 많은 쓰레기를 아이에게 채워줬다고 생각한다면 지금이라도 늦지 않았다. 그 쓰레기를 비워줄 수 있는 사람도 엄마뿐이다.

"엄마가 화내서 정말 미안해"

진심을 담은 말 한 마디가 아이와 내 마음을 다독여준다.

아빠의 쓸모

〈〈〈〈〈

'라떼파파(lattepapa)'

한 손에는 커피를 들고 다른 한 손으로는 유모차를 끌며 여유롭게 산책하는 스웨덴 아빠들에게서 비롯된 말이다. 남성의 육아 휴직 비율이 45%에 달하는 스웨덴이기에 충분히 가능한 모습이다. 하지만 여전히 여성의 육아 책임이 큰 우리나라에서 라떼파파는 과연 실현 가능할까?

어린이집 등원 길. 아이를 데려다주고 돌아서는데 연이어 아이 둘이 들어왔다. 그런데 모두 아빠 손을 잡고 등원을 했다. 직장이 더 멀고 출근이 이른 엄마를 대신해 아빠가 아이의 등원 길을 함께 하는 것이었다. 처음에는 다소 낯선 풍경에 적응이 되지 않았다. 하지만 이제는 그런 모습들이 자연스럽게 느껴진다.

'한국형 라떼파파'의 모습을 가장 많이 볼 수 있는 지역이 있다. 바로 세종시이다. 세종시는 정부 주요 부처가 모여 있는 행정도시이다. 주52시간제도의 확산으로 정시

퇴근이 보편화되어 있고 집과 직장 사이의 거리도 짧다. 대부분의 아이들은 직장 어린이집을 이용한다. 또한 육아 휴직 등 다양한 육아 관련 제도 역시 눈치 보지 않고 사용할 수 있다. 이러한 이유 때문에 그만큼 육아에 많은 시간을 확보할 수 있다. 아침에 엄마보다는 아빠 손을 잡고 어린이집에 오는 아이들이 더욱 많다. 하원 후 놀이터에서는 아빠와 노는 아이들의 모습을 어렵지 않게 볼 수 있다. 주말이면 아빠와 아이가 함께 할 수 있는 다양한 문화 체험 프로그램에 참여하기도 한다.

세종시뿐만 아니라 실제 우리나라 남성의 육아휴직 비율은 전보다 상당히 높아졌다. 2019년 고용노동부가 발표한 자료에 따르면 아빠 육아휴직자가 남성 육아휴직제를 도입한 2009년 이후 처음으로 2만 명을 넘었다. 전체 육아휴직자의 5명 가운데 1명 수준이다. 이처럼 남성 육아휴직자의 비율은 해마다 늘어나서 2015년 전체 육아휴직자 중 남성의 비율이 5.6%에서 2019년에는 21.2%로 높아졌다.

육아는 여성만의 책임이 아니라는 인식이 점차 확산됨에 따라 이와 같은 결과가 나타난 것이다. 예전에 비하면 상당히 높아진 수준인 것은 사실이다. 하지만 육아를 공동 분담하기에 아직 현실은 팍팍하다. 여전히 나의 남편은 야근 중이고 육아휴직은 꿈도 꾸지 못한다.

육아와 가사. 어쩔 수 없이 모두 내가 해야만 하는 것이다. 어쩔 수 없는 상황이다 보니 나 역시 그냥 받아들이기 시작했다. 상황을 받아들이니 모든 것은 당연한 것이 되어버렸다.

남편이 집에 돌아왔을 때 너저분한 모습을 보여주고 싶지 않았다. 그래서 나는 퇴근 후에 모든 일을 마무리 지으려고 최선을 다했다. 매일 그런 상황이 반복되자 어느 순간 나는 너무나 지쳐버렸다. 왜 내가 이 일을 다 해야 하는 건지 억울한 마음이 들기 시작했다. 나도 일하는 건 마찬가지인데 왜 나만 이렇게 고생하는 걸까. 차라리 나도 남편처럼 야근하고 집에 돌아와서 아무것도 신경 안 쓰고 잠만 자고 나가는 사람이 되고 싶었다.

그러던 어느 날, 다른 때보다 늦은 퇴근을 한 나는 설거지도 하지 못하고 걷어놓은 빨래도 거실에 내 던져 놓은 채 아이를 재우다 잠이 들어버렸다. 얼마나 지났을까? 소스라치게 놀라 잠에서 깼다. 해야 할 일을 다 하지 못하고 잠들어 버린 것이 생각났다. 급히 밖으로 나와 보니 아까 내던져 놓은 빨래들은 각을 잡아 개켜있었다. 설거지통은 텅 비어있었고 건조대에 그릇들이 반듯하게 정리되어 있었다. 늦게 집에 돌아온 남편이 내가 잠든 것을 보고는 미처 마무리하지 못한 집안일들을 다 하고 잔 것이다.

'난장판인 집을 마주한 남편은 무슨 생각이 들었을까?'라는 생각에 부끄러웠다. 그리고 늦게까지 일하고 돌아온 남편에게 그런 모습을 보여주어서 미안했다. 하지만 동시에 그동안 내가 스스로를 너무 옥죄이며 살아온 것 같다는 생각도 들었다. 가끔은 다 하지 못하더라도 큰일 날 일이 아니었다. 오히려 남편이 나보다 더 세심하고 깔끔하게 집안일을 해 주었다.

다음 날 아침, 출근한 남편에게 카톡을 보냈다.

'여보, 어제 고마워. 내가 너무 피곤해서 아이 재우다가 나도 모르게 잠들어버렸어.'

'피곤하면 일찍 자도 돼. 내가 와서 해도 되니까 너무 신경 쓰지 마.'

'고마워, 여보.'

'당신은 좋겠다. 이렇게 자상한 남편이 있어서.'

'으이그, 그래, 좋다!'

그날 이후, 정말 힘들 때면 집안일은 남편 몫으로 미뤄두기로 했다. 내가 다 해야만 한다는 생각은 버리기로 했다.

육아 역시 내 몫이 크다. 아이가 아빠와 함께하는 시간보다 엄마인 나와 대부분의 시간을 보내다 보니 어느 순간 아이는 나만 찾기 시작했다. 물론 아빠와 함께 노는 것을 무척이나 즐거워하는 아이다. 아이에게 엄마는 늘 '안 돼', '하지 마'를 입에 달고 사는 존재지만 아빠는 언제나 엄마 몰래 원하는 것을 들어주는 다정한 친구 같은 존재이다. 엄마가 모든 것을 채워줄 수는 없다. 아빠만이 할 수 있는 역할은 분명 존재한다. 짧은 시간이더라도 아이와 교감하는 아빠의 모습에서 엄마와는 다른 모습을 발견한다.

"아이는 사랑해서 돌보는 것이 아니라 돌볼수록 더욱 사랑하게 되고 돌봄이 쌓일수록 더더욱 사랑받게 된다. 그 만족감은 이 세상이 주는 어떠한 행복과도 비교할 수 없다. 대한민국의 아빠들도 그 경험을 꼭 하길 바란다."

_ 정우열, <육아 아빠가 나서면 아이가 다르다> 중

지금은 종영한 프로그램이지만 큰 인기를 끌었던 '아빠, 어디가?'는 아빠와 아이 둘이서 떠나는 여행을 컨셉으로 아이와 함께 하는 시간이 얼마나 소중한지를 잘 보여주었다. 엄마 없이 아빠 홀로 고군분투하는 육아를 하는 '슈퍼맨이 돌아왔다'는 서툴지만 아이와 함께 하는 아

빠들의 모습을 통해 육아가 얼마나 값진 경험인지를 잘 보여주고 있다.

　물론 현실의 아빠들은 텔레비전 속 연예인들처럼 한가로이 놀아 줄 형편이 되지 못한다. 가장이라는 무게를 어깨에 짊어지고 매일 치열하게 살아가기 바쁘다. 직장에 몸이 매여 아빠의 역할을 하고 싶어도 제대로 하지 못한다. 그로 인해 아이에게 외면받고 아내에게 미움만 받는 쓸모없는 아빠가 되어버리는 것이다.

　아빠는 회사에서만 소모되어야 하는 존재가 아니다. 돈만 벌어오는 기계도 아니다. 가정에서 엄마보다 더 세심한 손길로 집안일을 해주고 아이에게 엄마보다 더 다정한 친구가 되어주는 아빠. 그런 아빠의 쓸모가 가정에서 빛을 발할 수 있도록 더 많은 시간을 우리와 함께 해주기를.

내 아이는 어린이집에서 다 키웠다

'위이이잉~'

업무 중 핸드폰에서 진동이 울린다. 어린이집 알림장 알림이다. 오후 5시가 넘으면 알림장이 도착한다. 곧 업무를 마무리하고 퇴근할 시간이 다가오고 있음을 알 수 있다. 나는 얼른 알림장을 켜본다. 오늘 아이가 무얼 하며 보냈는지 사진과 함께 선생님의 정성 어린 글이 빼곡히 적혀 있다.

"오늘은 색깔 찰흙을 조물조물 만져보고 꽃과 뱀, 응가, 지렁이, 피자 모양 등을 만들어 보았어요. 우리 서하는 응가 모양 만들기를 하면서 가장 재미있어하네요."

"오늘은 어버이날 카네이션 만들기를 하였습니다. 스티커를 떼어 붙이며 '엄마 줄 거야~' 라고 말하면서 하나하나 꼼꼼히 집중하여 붙이는 서하의 모습이 정말 사랑스러웠답니다."

"어머니, 오늘은 서하가 배가 아프다고 하면서 점심과 간식을 조금밖에 먹지 못했어요. 응가가 잘 나오지 않아서 힘들어하네요.”

　　어린이집에서 보내주는 알림장을 보며 때로는 웃기도 하고 아이가 아팠다는 말에 가슴이 철렁 내려앉기도 한다. 매일 알림장을 확인하며 오늘도 우리 아이가 하루를 잘 보냈구나 하는 안도감과 동시에 감사함을 느낀다. 어린이집이 없었다면 나는 일하면서 아이를 어떻게 키웠을까. 내게 어린이집은 없어서는 안 될 육아 동반자이다.

　　어린이집을 보내기로 마음먹은 건 아이가 6개월쯤 되었을 때였다. 다음 해 5월 복직을 앞두고 12월에 어린이집 문을 두드렸다. 내가 사는 아파트 맞은편 동에 있는 가정 어린이집이었다. 아이가 어릴수록 규모가 큰 곳보다는 그보다 작은 가정 어린이집이 더 나았다. 또 늦게까지 아이를 돌봐줄 수 있는 어린이집을 찾아야 했는데 바로 집 앞 어린이집이 그런 조건에 딱 맞았다. 떨리는 마음으로 어린이집 문을 두드리고 들어가 상담을 받았다. 따뜻하고 편안한 공기가 느껴졌다. 인자한 인상의 원장선생님과 이야기를 나누다 보니 막연한 나의 불안과 긴장이 누그러졌다. 아이를 이곳에 보내도 크게 걱정하지 않아도 될 것 같았다.

　　아이는 다음 해 3월부터 어린이집을 다니기로 했다. 그런데 막상 9개월이 채 되지 않은 아이를 보내려니 마음이 착잡했다. 어린이집 오리엔테이션을 마치고 가방과 원복을 받아 들고 집에 돌아온 날. 잠이 든 아이와 어린이집 가방을 번갈아 바라보며 혼자 서럽게 펑펑 울었다. 아직 걷지도 못하는 아이를 보낼 생각에 가슴이 미어졌다.

홀로 온종일 아이를 돌보는 것이 힘들었다. 하지만 아이는 매일 새로운 기쁨을 안겨주었다. 아이를 키우며 느끼는 순간순간의 기쁨과 전율을 더는 느끼지 못할 것이라는 생각에 슬픔에 빠졌다.

드디어 3월, 아이는 입학을 하였다. 아이는 낯선 어린이집 환경에 적응할 시간이 필요했다. 처음에는 30분씩 그리고 한 시간, 두 시간 점차 시간을 늘려갔다. 엄마와 갑작스러운 이별에 놀라지 않도록 처음에는 엄마가 계속 곁에 있어 주었다. 다음엔 선생님도 함께, 그 이후엔 엄마는 살며시 빠졌다. 이렇게 일 이주 가량 적응 기간을 가졌다. 이 기간 동안 아이는 어린이집에 차차 적응해 갔고 나 역시 이런 상황에 적응되어 갔다. 사실 아이가 많이 어렸기 때문에 적응하는 데 큰 어려움은 없었다. 또 아이가 낯을 심하게 가리는 성향도 아니라서 적응이 더욱 수월했다.

어린이집을 다니면 자주 아프다는 이야기를 들었다. 아니나 다를까, 아이가 어린이집을 다닌 지 얼마 지나지 않아 콧물을 줄줄 흘리기 시작했다. 나중에 어린이집에 가보니 열에 아홉은 콧물을 흘리고 있었다. 겨우겨우 다 나아도 금세 다시 콧물을 옮아와 1년 365일 중에서 300일은 콧물을 달고 살았다. 어린이집을 다니는 동안은 콧물과의 전쟁이었다. 여러 병원을 전전하였지만, 도무지 나을 기색이 보이지를 않았다. 나중에는 한약까지 지어 먹였지만 아무 소용이 없었다.

낫지를 않는 아이를 보며 속상한 마음에 회사 선배에게 하소연했다.

"어린이집을 다니고 나서 콧물을 일 년 내내 달고 살아요."

"나도 그랬어. 마음을 비워. 4살 정도 되니까 덜 하더라. 시간이 약이야."

"4살 되려면 아직도 멀었는데…."

역시 인생 선배의 경험은 다르다. 아이가 4살이 되자 콧물은 전보다 덜해졌다. 환절기 때 훌쩍거리는 것 말고는 거의 콧물을 흘리지 않았다. 매일 콧물 때문에 전전긍긍이었는데, 시간이 흐르니 자연스럽게 해결되는 걱정이었다. 아이가 어린이집에 가면 집에 있을 때보다 자주 아플 수밖에 없다. 면역체계가 약하다 보니 다른 아이에게 금방 병을 옮아온다. 그래서 수족구병이나 구내염 같은 전염병도 꼭 한 번 치러야 하는 연례행사가 되곤 한다. 워킹맘에게 아이가 아픈 것은 비상상황이지만 어린이집에 보내는 이상 어쩔 수 없다. 겪어내야 하는 과정이라 생각하고 순간의 위기를 잘 넘기는 수밖에….

아침 8시에서 저녁 7시까지 아이는 어린이집에 있다. 아침엔 등원 준비로 정신이 없다 보니 아이와 내가 함께하는 시간은 퇴근 후 고작 서너 시간 남짓뿐이다. 그 시간조차 각종 집안일에 치여 온전히 아이와 보낼 수 있는 시간이 아니다. 아마 아이와 잠자리에서 책을 읽어주는 시간이 유일한 아이와 나만의 시간일 것이다. 아침을 못 먹고 가는 날엔 간단히 아침을 챙겨 어린이집으로 보내주니 하루 세끼도 어린이집에서 다 먹는다. 온종일 아이와 놀아주고 낮잠도 재워주고 간식도 챙겨주니 엄마인 내가 아니라 어린이집이 아이를 키우는 것이다.

어린이집을 보내기 전 누구나 비슷한 고민과 걱정을 한다. 뉴스를 통해 자주 접하는 어린이집 사건 사고를 보면 과연 내가 믿고 맡겨도 될까 의심부터 든다. 나 역시 같은 고민을 했다. 어린이집에 만족하며 보내면서도 아이 몸에 상처나 멍이 있으면 괜한 오해를 하기 마련이었다. 그러던 어느 날, 뜬금없이 아이가 한 말에 가슴이 철렁한 적이 있다.

"선생님이 화장실에서 꼬집었어."

나는 순간 가슴이 쿵 내려앉았다. 그토록 믿고 보내는 어린이집인데 이게 무슨 소리인가 싶었다.

　"그게 무슨 소리야? 선생님이 서하를 아프게 했어?"

　"응. 선생님이 배를 꼬집어서 아팠어."

　심장이 벌렁거렸다. 설마 CCTV가 없는 화장실에서 아이를 채근한 것은 아닌지 의심이 들었다. 하지만 도저히 믿을 수가 없었다. 내가 아는 어린이집은 그럴 리가 없었기 때문이다.

　다음 날, 아이를 데려다주며 조심스레 원장선생님께 이야기했다.

　"원장님, 이런 말씀 드려도 되는지 모르겠습니다만…. 조금 조심스러워서요."

　"무슨 일이세요? 그럼요, 말씀하세요."

　"서하가 선생님이 화장실에서 자길 꼬집어서 아팠다고 이야기를 해서요. 혹시나 해서요."

　당황한 표정의 원장님은 잠시 동안 생각을 하더니 이내 웃으며 말했다.

　"아하하하. 아 어머니. 그게 아니라 서하가 응가할 때 너무 힘들어해서 제가 배를 꾹꾹 눌러줬거든요. 안 그래도 제가 배를 눌러줄 때 아프다고 울고 그랬어요."

　그제서야 오해가 풀린 나는 마음을 놓았다. 아이가

변비로 힘들어한다는 이야기를 종종 들어왔던지라 충분히 있을 수 있는 일이었다.

"어머니, 이런 일 있으시면 끙끙 고민하지 마시고 이렇게 말씀해주세요. 그래야 서로 오해 없이 함께 아이를 키울 수 있죠."

나와 함께 아이를 키워주는 어린이집. 아이가 성장하는 모습을 함께 보며 울고 웃는다. 나는 어린이집 선생님들이 아이에게 진심 어린 사랑을 나누어 주고 있음을 느낀다. 아이가 한창 말을 배울 때쯤 선생님이 내게 해주신 말은 두고두고 기억에 남는다.

"어머니, 전에는 서하가 선생님이라는 말을 못 해서 매번 '님님'이라고 불렀거든요. 그런데 어제 저한테 '턴탠님' 하는 거예요! 제가 얼마나 감동했는지 몰라요."

어린이집이 없었다면 난 일도 육아도 제대로 해내지 못했을 것이다. 언제나 환한 얼굴로 아이를 반겨주는 어린이집, 덕분에 출근길 발걸음이 가볍다.

아이 키우기 좋은 세상

‘오늘 저녁은 마땅한 반찬이 없는데 어쩌지?’

업무 중 불현듯 머리를 스치는 저녁 식사 걱정. 나는 곧바로 핸드폰을 꺼내 든다. 네이버 밴드 앱을 켜고 우리 동네 반찬가게에서 오늘 업데이트한 메뉴를 확인한다. 남편과 아이가 좋아할 만한 메뉴를 골라 채팅창으로 주문을 한다.

‘제육볶음, 메추리알 장조림, 진미채 볶음, 배추겉절이, 콩나물 북엇국 주문합니다.’

‘네. 주문 확인되었습니다. 6시 전까지 배달해드리겠습니다.’

퇴근 후, 현관문 앞에 오늘 주문한 반찬들이 도착해 있다. 나는 서둘러 밥을 안치고 배달 온 반찬들을 정리한다. 남편이 도착하면 오늘 주문한 반찬들로 한 상을 뚝딱 차려낸다. 오늘도 한 끼를 무사히 잘 해결했다.

나는 반찬을 사 먹는 데 안 좋은 인식을 가지고 있었

다. 아마 우리 엄마의 영향을 받아서일 것이다. 엄마는 우리들을 키우는 동안 단 한 번도 반찬 가게에서 반찬을 산 적이 없다. 모든 음식은 엄마가 직접 해 주었기 때문에 나는 엄마라면 당연히 그렇게 해야 하는 줄 알았다. 반찬을 사서 가족들에게 먹이는 엄마는 무책임하고 무성의한 엄마라고 생각했다.

그래서 결혼 후 나 역시 모든 음식은 만들어 먹었다. 물론 엄마의 도움을 많이 받기는 했지만, 결코 반찬을 사 먹는다는 생각은 한 적이 없다. 하지만 아이를 낳고 일까지 하니 매 끼니를 해결하는 것이 큰 스트레스였다. 나 혼자 밥을 먹을 땐 대충 김치에 김만 있어도 충분했다. 하지만 남편과 아이까지 그렇게 챙겨줄 수는 없는 노릇이었다. 게다가 나는 요리에 그다지 흥미가 있는 스타일은 아니라서 반찬을 만들고 국을 끓이는 것이 막중한 임무로 느껴졌다. 그리고 무엇보다 시간이 너무나 부족했다. 퇴근하고 집에 돌아오면 7시인데 언제 반찬을 만들고 국을 끓이겠는가. 아이가 잠든 이후 혹은 주말에 미리 만들어야 평일에 편히 밥을 먹을 수 있었다.

하지만 아이를 재우다 나도 잠들어버리기 일쑤였고 주말엔 나도 체력이 방전되어 아무것도 하기 싫을 때가 많았다. 그러던 와중에 지역 카페에 올라와 있는 반찬가게 홍보 글이 눈에 들어왔다. 오후 4시까지 주문을 하면 그날 6시 전까지 집으로 배달을 해 준다는 내용이었다. 이제까지 반찬 가게는 눈에 들어오지도 않던 나였는데, 상황이 이렇게 되니 '한번 속는 셈 치고 사 먹어볼까?' 하는 생각이 들었다. 처음으로 반찬가게에 주문했다. 나는 이날 신세계를 체험했다.

이토록 편할 수가 있다니. 배달 온 반찬들을 차려서 먹기만 하면 되니 너무나 편리했다. 업무 중에도 저녁을 뭘 먹을지 고민하는 스트레스를 한 방에 날려버릴 수 있었다. 물론 가족들에게 직접 음식을 해 주지 못한 미안함과 양심의 가책을 느끼긴 했다. 하지만 일단 내가 살고 볼 일이었다. 매일 이렇게 시켜 먹을 수는 없지만 어쩌다 한 번씩은 해볼 만했다. 끼니를 해결해야 하는 스트레스에서 벗어나니 마음에 여유도 생겼다. 엄마는 무조건 음식을 해 먹여야 한다는 강박에서 벗어나 가끔은 이래도 괜찮다고 생각하기로 했다.

내가 사는 지역에 반찬 배달이 어렵다고 해서 걱정할 것 없다. 요즘은 가정간편식이나 밀키트가 정말 잘 만들어져서 나온다. 요리에 필요한 재료를 일일이 장을 보지 않아도 되기 때문에 간편하고 경제적이다. 이런 밀키트나 신선 식품들이 새벽 배송이 되는 세상이다. 자기 전에 내

일 먹을 것을 주문하면 다음 날 아침 7시 이전에 집 앞에 도착한다. 손가락으로 핸드폰을 몇 번 톡톡 누르기만 하면 내가 필요로 하는 제품들이 단 몇 시간 만에 내 집 앞에 와있다. 가끔은 이렇게 세상이 살기 좋게 변한 것이 소름 끼치게 놀랍다. 이런 서비스들은 우리들의 고생과 수고를 덜어주는 너무나도 감사한 것들이다.

육아의 부담을 덜어주는 서비스들도 있다. 육아를 하던 엄마들이 자신들의 불편함과 필요성을 느끼는 부분에 대해 고민하고 그것을 창업 아이템으로 발전시킨 사례들이 많다. 나는 '째깍악어'라는 돌봄 서비스를 이용해보기로 했다. 째깍악어는 일하는 엄마들이 메워 줄 수 없는 시간의 공백, 그 빈틈을 채워주기 위해 시작된 서비스이다. 초기에는 영유아의 보육 기관 스케줄과 대학생의 스케줄이 비슷하다는 점에 착안해 주로 대학생 시터를 연결해주었다. 하지만 이후 보다 전문성을 지닌 보육 교사, 특기 교사 등으로 선생님의 폭을 넓혔다. 사용자가 원하는 시간을 자유롭게 선택할 수 있고 단순 돌봄뿐 아니라 놀이 돌봄, 창의 미술, 학습, 영어 등 돌봄을 세분화하여 선택할 수 있다. 일하기 위해 아이 돌봄을 신청하는 워킹맘뿐 아니라 온종일 가정에서 아이를 보육해야 하는 엄마들에게도 시간의 여유를 선물해 줄 수 있다.

나는 주말이면 아이와 놀아주어야 하는데 솔직히 어떻게 해야 더 잘 놀아주는 것인지 방법을 알지 못했다. SNS를 통해 배운 엄마표 미술 놀이도 한계가 있었다. 나 스스로가 전문성이 떨어지니 제대로 된 놀이를 해주지 못하는 것 같았다. 아이가 커 갈수록 학습과 놀이에 대한 고민이 커졌다. 나는 째깍악어의 도움을 받아보기로 했다. 여러 프로그램 중에 창의 미술 수업을 선택했다. 신청하려고 보니 아주 세세하게 신청서를 작성하게 되어있었다. 원하는 시간대를 선택하고, 아이의 성향도 섬세하게 물었다. 또한 사탕, 초콜릿 등을 줘도 되는지 영상시청은 어느 정도 허용을 하는지 등도 꼼꼼히 체크했다. 보육, 특기 교사, 대학생 등 내가 원하는 교사의 종류도 선택할 수 있었고 원하는 선생님에게 신청하면 빠른 시간 안에 답변을 받을 수 있었다.

　　나도 아이도 방문 수업은 처음이었다. 선생님이 오시기 전 나는 아이에게 충분히 설명해 주었다. 아이는 선생님이 와서 미술 놀이를 해 줄 거라는 이야기에 한껏 들떠서 선생님이 올 시간만을 기다렸다. 혹시나 아이가 낯설거나 수줍어하진 않을까 하는 우려와 달리 아이는 선생님을 보자마자 현관에서부터 반갑게 맞이했다. 나는 선생님이 혹 불편해하지 않을까 싶어 방으로 들어가 있었다.

하지만 나의 온 신경은 수업이 이루어지는 거실로 가 있었다. 아이는 한 시간 동안 굉장히 집중해서 수업에 참여했다. 선생님은 세 가지 미술 놀이를 한 시간 꽉 채워서 알차게 놀아주었다. 아이는 자신이 만든 작품을 무척이나 뿌듯해하면서 온종일 엄마 아빠에게 자랑했다. 짧은 시간이었지만 나와 아이 모두 몹시 만족스러운 시간이었다.

일하는 엄마들은 모든 것을 잘 해내기 어렵다. 아니, 불가능하다. 하지만 그럼에도 불구하고 다 잘하려고 애쓴다. 나 역시 그랬다. 모두 다 내가 해야 한다고 생각했다. 그리고 잘해야 한다고 나 자신을 늘 들볶았다. 그러다 보니 쉽게 지치고 늘 짜증이 나 있었다.

아무도 나에게 너보고 다 하라고 한 적 없다. 잘하라고 한 적은 더더욱 없다. 모든 것은 내가 정한 기준이었고 나는 스스로 만든 기준을 늘 지키지 못해 힘들고 답답하고 짜증이 났다. 그래서 하나둘 내려놓기 시작했다. 반찬좀 사 먹는다고 큰일 나지 않는다. 깜빡하고 장을 못 봤어도 상관없다. 핸드폰만 있다면 당장 내일 먹을 것들이 문 앞에 도착하니까. 주말마다 아이와 영혼 없이 놀아주느니 한 시간이라도 알차게 놀아 줄 선생님이 더 낫다.

얼마나 아이 키우기 편한 세상인가. 엄마들을 편하게 해주는 서비스들이 이 세상엔 너무나 많다. 물론 돈은 조금 든다. 대신 시간과 마음의 여유를 얻는다. 마음을 조금 내려놓고 나에게 맞는 방법들을 찾는다면 워킹맘으로 살아가기, 생각보다 할 만하다.

엄마, 할머니집에 가자

"엄마, 오늘 어디 가요?"

"어린이집에 가지."

"그래요? 난 할머니 집에 가고 싶은데…."

"우리 내일은 할머니 집에 가는 날이야. 하룻밤만 자고 내일 가자. 알았지?"

"와, 신난다!"

매주 토요일은 아이가 할머니 집에 가는 날이다. 언제부터였는지 정확히 기억은 나지 않지만 아이가 100일도 되지 않았을 때부터 우리 부부는 매주 부모님 댁에 간다. 집에서 한 시간이 채 걸리지 않는 거리이고 친정과 시댁의 거리도 멀지 않아서 하루에 두 곳을 모두 방문한다. 이런 이야기를 들은 주변인들의 반응은 대부분 똑같다.

"어떻게 매주 갈 수가 있어? 그게 가능해?"

"뭐 하러 매주 가? 나라면 그렇게 안 할 거야."

"와, 진짜 대단하다."

처음부터 매주 가야겠다고 마음을 먹었던 것은 아니

었다. 첫 아이이다 보니 자주 보여드리고 싶은 마음이 컸다. 친정집에서는 처음으로 태어난 아이였다. 첫 손주를 맞이하신 부모님은 아이를 무척이나 사랑하고 예뻐하셨다. 시댁에서는 10년 만에 태어난 아기였다. 막내인 남편이 늦장가를 가는 바람에 시부모님은 10년 만에 다시 손주를 보게 되셨다. 오랜만에 집안에 아기가 태어나니 그 사랑은 이루 말할 수가 없었다. 특히나 몸이 아프신 시부모님은 아이를 보는 게 삶의 유일한 낙이었다. 아프면서도 아이를 볼 때면 환하게 웃으시는 모습이 늘 눈에 밟혔다. 그래서 특별한 일이 있지 않으면 우리 부부는 주말마다 아이를 데리고 양가 부모님 댁에 가기 시작했다.

주말마다 부모님 댁에 가는 것이 남들의 눈엔 대단한 일로 보일 것이다. 나 역시 우리가 참 대단하다고 생각한다. 한 달에 한두 번도 많다고 생각하는 요즘인데 매주라니! 하지만 부모님은 갈 때마다 아이에게 사랑을 퍼부어주시고 아이를 바라보며 세상 그 누구보다 행복해하신다. 아이도 할머니, 할아버지 만나러 가는 날을 참 좋아한다.

가뜩이나 아이와 함께 하는 시간이 부족한데 주말이라도 아이와 충분히 시간을 보내줘야 하는 것은 아닐까? 매주 할머니 집에 가면서 엄마 아빠와 온전히 보내는 시간을 뺏겨버리는 것은 아닐까? 그런 생각이 문득 들기도 했다. 할머니 집에 가지 않으면 아이와 더 알찬 시간을 보낼 수 있을 것 같았다.

　할머니 집에 가지 않았던 어느 주말, 나는 일어나자마자 삼시 세끼 뭐 해먹일지부터 고민했다. 대충 아침을 해결하니 점심이 걱정이고, 점심을 먹고 나면 저녁이 걱정이었다. 아이와 놀아주는 것도 힘들었다. 몇십 권 책을 읽어주고 놀이터에 가서 한바탕 놀고 왔다. 엄마표 미술 놀이, 엄마표 요리 교실을 하며 시간을 보냈지만 여전히 한 낮이었다. 하루가 왜 이리 긴지 모르겠다. 아이도 심심해하는 눈치였다. 놀아주다 지친 내가 멍하니 앉아 있으니 아이가 와서 물었다.

　"엄마, 우리 할머니 집에 안 가요?"

　"응, 오늘은 못 가. 왜? 할머니 집에 가고 싶어?"

　"응. 할머니 보고 싶어."

　할머니 집에 안 간다고 해서 아이와 대단히 잘 놀아준 것도 아니었다. 아이와 놀아주면서 삼시 세끼 밥을 챙기고 간식 챙기느라 진이 빠져버렸다. 아이도 심심해서 할머니 집에 가고 싶어 한다. 주말이면 시댁과 친정을 가니 밥걱정도 없고 심지어 반찬도 얻어온다. 아이와 놀아주느라 애쓰지 않아도 되니 몸도 편하다. 하지만 무엇보다 가장 좋은 것은 주말마다 아이가 사랑을 듬뿍 받아온다는 것이다.

"내가 편견 없이 자랄 수 있었던 것은 모두 외할머니 덕분이었다. 할머니는 나에게 모든 것을 쏟아부으시며 기회를 놓치지 말라고 가르쳐 주셨다." _ 버락 오바마

"할머니와의 대화와 독서가 나를 만들었다." _ 빌 게이츠

엄마, 아빠가 주는 사랑과 할머니, 할아버지가 주는 사랑은 조금 다르다. 조부모의 사랑은 무조건적인 사랑이다. 아이의 모든 것을 사랑으로 품어준다. 아이의 작은 실수에 엄마는 화를 낼 때도 있다. 하지만 할머니, 할아버지는 다르다. 아이에게 화내지 않는다. 아이가 다치지는 않았을까, 마음이 아프지는 않을까, 살피고 또 살피며 따뜻하게 안아줄 뿐이다.

나는 아이가 충분히 사랑받고 그 사랑을 나누는 사람이 되길 원한다. 또한 그런 사랑의 힘이 아이가 성장하는 데 큰 원동력이 될 것이라 믿는다. 부모의 사랑과 더불어 조부모의 무한한 사랑으로 가득 채워진 아이는 분명 다른 아이들과는 다를 것이다. 자신이 사랑받는 존재이고 무엇이든 해낼 수 있는 아이라고 믿고 성장하기 위해

서 할머니, 할아버지를 자주 만나는 것은 크게 도움이 된다.

'잘되는 일이 아무것도 없으면 할머니를 찾아라.'라는 이탈리아 속담이 있다. 우리의 기억 속에는 따스한 할머니, 할아버지의 품이 남아 있다. 세월이 지나 잊고 지냈지만 떠올려보면 가슴 따뜻해지는 소중한 기억들이 누구나 하나쯤 자리 잡고 있을 것이다. 할머니와 할아버지가 우리에게 어떤 사랑을 베풀어주셨는지 내가 아이를 낳고서야 비로소 우리 부모님의 모습을 보며 깨닫게 된다. 내게 혼나고 할머니 품으로 쪼르르 달려가 포옥 안기는 아이. 훗날 할머니를 떠올리며 따뜻한 가슴을 안고 살아갈 것이다.

우리가 세상을 바꿀 수 있다면

"언니, 출산휴가, 육아휴직 쓸 거 다 쓰고 꼭 복직하세요. 그래야 저도 나중에 눈치 안 보고 쓸 수 있죠."

출산휴가를 앞두고 인사를 나누던 날, 후배가 내 손을 꼭 붙잡고 말했다. 그 말을 듣는 순간 왠지 모를 사명감이 느껴졌다. 지금까지 출산휴가와 육아휴직을 모두 사용하고 복직한 선례가 없었기 때문에 나는 회사에서 최초의 역사를 써야 했다. 남성의 비율이 훨씬 높고 보수적인 성격이 강한 회사에서 여성이 온갖 혜택을 누리며 회사에 다니기란 쉽지 않았다. 아이를 낳고 다시 돌아올 수 있을지 나 자신도 장담하기 힘들었다. 하지만 후배의 간절한 말 한마디가 내게 용기를 주었다. 나의 후배들에게 희망이 되고 싶어졌다.

여성의 삶은 임신과 출산 전과 후로 극명하게 나뉜다. 자신의 자리에서 날고 기던 여성도 임신 그리고 출산이라는 벽 앞에서 무너지곤 한다. 세상은 분명 이전보다 좋아졌고 여성을 위해 사회는 부단히 애쓰고 있다. 하지만 우리 사회는 여전히 여성이 아이를 낳고 일하기 쉽지 않은 곳이다.

일하는 엄마가 회사에서 겪는 부당한 대우, 엄마가 아니더라도 여성이라는 이유로 겪는 차별은 우리가 지속적으로 일할 힘을 잃게 만든다. 경력 단절이라는 수식어가 오로지 여성을 지칭하는 것만 보아도 알 수 있다. 임신과 출산이 일하는 여성에게는 마냥 축복일 수만은 없다.

둘째를 임신한 사실을 알았을 때 내가 그랬다. 오랜 고민 끝에 갖게 된 둘째였지만 회사에는 한동안 임신 사실을 말할 수 없었다. 두 달 뒤에 있을 진급 발표에서 또다시 미끄러지지 않을까 두려움이 앞섰기 때문이다. 첫째 때보다 심한 입덧으로 하루하루가 지옥 같았지만 나는 이 사실을 어떻게든 숨겨야 했다. 또 한 번 진급에서 누락되는 경험을 하고 싶지 않았다.

다행히 이번엔 진급을 했다. 진급자 명단에 내 이름이 있는 것을 발견하고 나서야 마음을 내려놓을 수 있었다. 한편으로는 이렇게까지 해야 하나 싶은 생각에 허탈하기도 했다. 기쁨과 축복의 대상이 되어야 할 아이가 숨겨야 하는 존재가 되었다는 게 한없이 미안했다. 진급 발표 후,

몇 주가 지난 뒤에야 임신 사실을 밝혔다. 축하한다는 말 뒤에 숨은 떨떠름한 표정을 읽을 수 있었다. 또 한 번의 자리 공백이 회사 입장에서는 유쾌한 일은 아닐 것이다. 아무리 사회적 제도가 잘 되어 있더라도 현실은 이렇다. 진심으로 나의 임신을 축하해주는 이는 아무도 없다.

그래서일까? 워킹맘은 언제나 퇴사를 꿈꾼다. 자존감이 바닥을 치는 경험도 이젠 지긋지긋하고 아침마다 울며불며 매달리는 아이와 실랑이하는 것도 지친다. 회사라는 것만 내 손에서 놓아버리면 더 이상 이런 고통 속에서 몸부림치지 않아도 된다. 하지만 선뜻 그런 선택을 하기란 쉽지 않다. 누군가는 생계유지를 위해 결코 욱하는 마음에 그만두지 못할 것이고, 지금까지 쌓아온 자신의 커리어를 무너뜨리고 싶지 않은 사람도 있을 것이다. 일이라는 건 생계유지의 수단인 동시에 나라는 사람을 증명해내는 도구이기도 하다. 한순간의 욱하는 감정으로 일을 놓아버리기엔 꽤 복합적인 이유들이 얽히고 설켜 있다. 일을 놓는 동시에 나를 잃을 것 같은 기분이 든다.

시대는 변했고 여성의 사회 진출은 이제 너무나 당연하다. 여성의 채용 조건에 키와 몸무게, 용모 단정이라는 말도 안 되는 조항이 있었던 90년대에 비하면 지난 30여 년간 분명 세상은 달라졌다. 그동안의 변화는 어느 날 갑자기 이루어진 것은 아닐 것이다. 여성, 그리고 엄마라는 이름으로 일하는 이들의 끊임없는 몸부림이 있었기에 가능한 일이었다. 그들의 고군분투가 세상을 이만큼 변화시켰다.

지금의 우리 역시 그들과 같은 역할을 하고 있다고 생각한다. 내 주위를 둘러싼 수많은 부당함, 억울함을 탓하며 내 자리를 놓아버린다면 나의 뒤를 따라 올 여성들 역시 고단한 회사 생활에서 벗어나기 힘들 것이다. 지금 서 있는 자리에서 최선을 다해주는 것, 우리는 그러한 사명감을 갖고 살아가야 한다. 우리가 회사에서 최초의 역사를 써줘야 세상을 바꿀 수 있다.

출산휴가 3개월, 육아휴직 1년을 사용하고 복직한 것도, 둘째를 임신한 것도 회사에서는 내가 최초이다. 내가 선례를 만들었기에 나의 후배들은 눈치 보지 않고 충분한 혜택을 누릴 수 있을 것이다. (물론 당연히 누려야 하는 것이지만) 이러한 사례들이 쌓이고 쌓여서 결국 세상이 변화하는 것 아닐까?

각자의 자리에서 우리는 세상을 향해 끊임없이 이야기해야 한다. 혼자서 끙끙 앓고 있는 것이 아니라 나와 같은 처지의 사람들과 이야기를 나누고 소통하며 우리들의 목소리를 세상 밖으로 자꾸 내보여야 한다. 다행히 지금은 그런 소통의 창구가 많아졌다. 여성의 재취업을 돕는 스타트업부터 크고 작은 커뮤니티가 여기저기서 쏟아진다. 나 혼자 발을 동동 구를 것이 아니라 함께 연대하고 문제를 해결해나가는 것이 중요하다.

"한국에서 지금 일하는 여성들에게는 나의 전망을 구체적으로 보여주는 롤 모델, 내가 비교적 안전하고 덜 부담스러운 방식으로 다양한 정보와 기회와 사람들을 만날 수 있는 네트워크를 갖는 것이 큰 의미가 있다. 그것이 아마 커리어를 계속 이어가는데 단지 용기를 주고 힘을 내게 하는 것을 넘어서는 구체적인 해결 방법의 단계로 넘어가는 고리가 될 수 있다."
_ KBS 다큐멘터리 <사표 쓰지 않는 여자들>, 2019

자신의 의지와는 상관없이 자꾸만 밖으로 밀려나는 우리, 그럼에도 불구하고 안간힘을 쓰며 버텨내고 있다. 포기하지 않고 지금의 자리에서 꿋꿋하게 살아남기를. 훗날 내 모습이 누군가에게 꿈이 되는 날이 반드시 찾아올 테니까.

4부

나
로

살
아
가
기

위
하
여

좋은 엄마는 생각만으로 되는 게 아니야

"엄마는 누구야?"

어느 날 갑자기 아이가 내게 물어 온 황당한 질문.

"엄마는 누구냐고? 엄마가 엄마지. 그게 무슨 말이야?"

아이는 몇 번을 더 엄마는 누구냐고 묻더니 내 대답이 시원찮은지 이내 돌아서서 장난감을 가지고 논다.

아이는 그 후로도 며칠 동안 내게 같은 질문을 던졌다. 처음엔 대수롭지 않게 생각한 질문으로 장난처럼 웃어넘겼다. 하지만 계속 곱씹어 생각할수록 뭐라 답변하기 어려운 질문이었다. 엄마, 그리고 나는 누구일까?

아이를 낳고 엄마가 되었다. 한동안은 낯설던 엄마라는 이름이 이제는 너무나 자연스럽고 당연하다. 그래서 잊고 살았다. 정말 나라는 사람은 어떤 사람인지. 아이가 물었던 엄마는 누구냐는 질문은 내 안을 깊이 파고들어 나라는 존재, 그리고 엄마로서의 나에 대해 끊임없이 고민하게 했다. 아이를 낳고 4년 가까이 되어가는 동안 나는 어떤 엄마로 살고 있는지, 엄마라는 이름에 갇혀 진짜 나를 잊은 채 살아가고 있는 건 아닌지, 많은 생각이 머리를 스쳐 지나갔다.

육아휴직 후 집에서 아이를 돌보는 동안은 24시간 엄마 모드로 풀 가동이 필요했다. 밤이고 낮이고 아이는 울어댔고 내 신경은 온전히 아이에게 쏠려있을 수밖에 없었다. 나 자신을 챙길 시간도 없고 마음의 여유조차 없었다. 어쩌다 한 번씩 거울을 보면 나는 헝클어진 머리를 한 채 한없이 편한 옷을 입고 화장기 없이 거무튀튀한 얼굴을 하고 있었다. 그런 내 모습을 보며 슬픔에 잠기기도 했다. 하지만 우울함도 잠시뿐, 육아와 집안일에 치여 그런 내 모습을 금세 잊어버렸다.

복직 후에는 더욱 나를 챙길 시간은 없었다. 엄마의 역할도 제대로 하지 못했다. 아침은 등원과 출근 준비로 늘 정신없었다. 나는 늘 아침마다 아이를 재촉할 뿐이었다. 가뜩이나 워킹맘이라 눈치가 보이는데 지각이라도 하면 미운털이 제대로 박히지 않을까 하는 걱정에 아침마다 늑장 부리는 아이를 들들 볶았다.

직장에서는 엄마라는 이름표를 잠시 떼어 놓고 나로 일할 수 있어 행복했다. 복직 후 얼마 동안은 그랬다. 하지만 시간이 지나면서 내 생각은 달라졌다. 직장에서는 엄마가 아닌 또 다른 이름표가 내게 주어진 것이었다. 진짜 '나'가 아닌 '장대리'로 살아갈 뿐이었다. 그저 책임감과 의무감을 가지고 누군가를 위해 일하고 그에 대한 보수를 받으며 살아가고 있었다. 정말 나를 위한 인생을 사는 게 아니었다.

매일 그렇게 반복되는 하루. 시간은 점점 흘러만 가고 있었다. 흘러가는 시간에 그저 몸을 맡긴 채 살다 보니 아이가 어떻게 크는지 제대로 챙기지도 못했다. 정신없이 살다가 돌아보면 어느새 훌쩍 자란 아이가 날 바라보고 있었다. 아이가 내뱉는 말 한마디에 정신이 퍼뜩 들 때가 많았다. 아이는 말을 배우면서 아는 것도 많아지고 그만큼 궁금한 것도, 신기한 것도 많아졌다. 언제부턴가 엄마에게 질문을 부쩍 많이 하기 시작했다.

길을 걷다가 몇 번을 멈춰 서서는 물었다.
"엄마, 이것 좀 봐봐. 이게 뭐야?"
하늘을 바라보며 갑자기 물었다.
"엄마, 왜 해님이랑 달님은 왔다 갔다 해?"
변기에 앉아 응가를 하면서 물었다.
"엄마, 왜 엉덩이에서 방귀랑 응가가 나와?"
영어에 호기심이 생기기 시작하면서 영어 질문도 부

쩍 늘어났다.

"엄마 엄마, 사자는 라이언이고…, 그런데 호랑이는
뭐지?"

아이가 어릴 땐 먹이고 입히고 재우기만 하면 그만이
었다. 비록 육체적으로 힘들긴 했지만, 기본적인 욕구만
충족시켜주면 부모의 역할은 충분한 것이었다. 하지만 아
이가 성장하면서 웬만한 것은 아이 스스로 할 수 있게 되
자 부모가 채워줄 욕구는 다른 데서 생겨났다. 아이의 지
적 욕구를 충족시켜줘야 했다. 단순한 질문은 간단히 대
답해 줄 수 있었다. 하지만 생각지도 못한 질문들, 나는
한 번도 궁금해 본 적이 없는 것들을 물을 때마다 당황할
수밖에 없었다. 게다가 엄마표 영어를 한답시고 영어책을
사서 보여주고 영어 동영상을 틀어주었더니 이젠 영어 질
문까지 쏟아진다. 영어 공부는 입사 전 토익 공부 이후로
손을 놓은지라 간단한 단어조차도 기억나지 않을 때가
많았다. 유아 영어책이지만 가끔 해석이 안 되는 문장을
만날 때면 이런 것조차도 모르는 나 자신이 한심스럽기도
했다.

매일 아이를 재우고 유일하게 생기는 자유 시간에 나
는 TV를 보거나 핸드폰을 보며 시간을 보냈다. 이 시간만

이라도 나는 편하게 아무 생각 없이 보내고 싶었다. 하지만 더 이상은 그런 식으로 시간을 허비하지 않기로 다짐했다. 나는 나를 잃어버린 채 살고 있다고 누군가를 원망하기만 했다. 내게 주어진 소중한 시간을 나를 위해 제대로 쓰지도 않은 채 남을 탓하고 있을 수는 없었다. 아이에게 좀 더 좋은 엄마, 현명한 엄마, 올바른 지혜를 줄 수 있는 엄마가 되기 위해서는 더 이상 이렇게 살아서는 안 되겠다는 생각이 들었다. 비로소 나는 정신을 바짝 차리게 되었다.

'좋은 엄마가 되어야지'라는 생각은 엄마라면 누구나 한다. 물론 앞서 이야기한 것처럼 아이가 느끼기에 엄마는 무조건 좋은 엄마이다. 하지만 늘 같은 자리에 머물러 있는 엄마보다는 끊임없이 아이와 함께 성장하는 엄마가 아이에게 훨씬 좋은 엄마가 될 수 있지 않을까?

나는 아이를 위해서 그리고 나 자신을 위해서 '성장하는 엄마'가 되기로 했다. 멍청하게 앉아 TV나 핸드폰만 바라보는 엄마가 되지는 않기로 했다. 나에게 주어지는 단 몇 시간이라도 정말 나를 위해, 나를 성장시키기 위해 써야겠다고 마음먹었다. 아이의 질문에 좀 더 현명하게 대답해 줄 수 있는 엄마, 아이와 함께 공부하며 질문을 던지고 해답을 찾아가는 그런 엄마가 되기로 했다.

일하기도 벅차고 육아까지 내 몫이라 그럴 마음의 여유가 없다고 생각할 수 있다. 나 역시 책 한 권 읽는 것도 무리라고 생각했다. 하지만 나는 지금 실천하고 있다. 그리고 충분히 가능함을 몸소 체험하고 있다. 물론 지금도 여전히 정답은 없고, 때론 정말로 힘이 들어서 아무것도 안 하고 싶을 때도 있다. 하지만 나를 위해 그리고 지금보다 더 좋은 엄마가 되기 위해 더 이상 생각에 머물진 않을 것이다. 지금 하고 있는 나의 부단한 노력들은 분명 나를 '좋은 엄마'로 만들어 줄 테니까.

시간이 없는 걸까, 꿈이 없는 걸까?

엄마의 꿈은 뭐였어

…

처음부터 그냥 내 엄마로 태어난 게 아닐 텐데
묻고 싶어 엄마이기 전에 꼭 지키고 싶었을 꿈

…

우연히 듣고 가슴이 한참 먹먹해졌던 노래. 가수 '린'의 '엄마의 꿈' 이다. 내가 엄마에게 하는 말처럼 들리기도 하고 지금 내 딸이 훌쩍 자란 뒤 나에게 하는 이야기 같기도 하다. 둘 다 내 마음을 저릿하게 만든다.

우리 엄마는 꿈이 뭐였을까? 가만히 엄마의 모습을 떠올려 보았다. 어린 시절 우리 집에는 미싱(재봉틀)이 두 대나 있었다. 엄마는 종종 수를 놓기도 하고 아빠의 바지를 수선하기도 하고 우리 방에 필요한 커튼을 금방 만들어 내기도 했다. 어릴 땐 그저 재봉틀로 뭐든지 뚝딱 해결하는 엄마의 모습이 신기하기만 했다. 하지만 엄마는 재봉틀 앞에 앉아 여유롭게 보낼 시간이 없었다. 가족들을 챙기고 아빠와 함께 가게를 운영하느라 정작 자신이 하고 싶은 일은 언제나 뒷전이었다. 결국 어느 날엔가 엄마는 재봉틀 두 대를 중고로 팔아버렸다.

내가 대학생이 되자 엄마는 여성문화회관에서 옷 만들기 수업을 듣기 시작했다. 원단에 손수 밑그림을 그리고 재단해서 박음질하고 직접 옷을 만들면서 엄마는 참 즐거워했다.

"새라야, 이리 와 봐. 이 옷 어때? 엄마가 만든 조끼인데. 괜찮지?"

"그걸 엄마가 만들었다고? 말도 안 돼. 어떻게 옷을 만들어?"

"이거 진짜 엄마가 만든 거야. 볼래? 이렇게 엄마가 다 그려서 재단해서 만든 거라니까."

엄마는 자신이 그린 도안과 그동안 수업받으며 했던 것들을 보여주며 신이 나서 이야기했다. 그때는 잘 알지 못했는데 생각해보니 그때 엄마 얼굴은 굉장히 행복했었다. 자신이 직접 만든 옷을 내 앞에서 입어 보이며 환하게 웃던 얼굴이 이제야 제대로 보인다. 그동안 엄마는 이런 시간을 얼마나 꿈꿔왔을까?

즐거웠던 시간도 잠시 가게 운영이 점점 힘들어지자

엄마는 새로운 일터를 찾아 나서야 했다. 병원 응급실에서 주야 교대근무로 일하게 된 엄마는 몇 년 후 요양보호사 자격증을 취득해 지금은 요양원에서 일한다. 엄마의 꿈이 요양보호사는 결코 아니었을 텐데 여전히 생계를 위해 밤낮이 바뀌어 가며 일하는 엄마를 생각하면 가슴이 아프다.

그렇다면 나는 어떨까. 결혼하고 아이까지 낳고 나니 꿈이라는 단어는 내게서 희미해져 갔다. 꿈은 정말 꿈같은 소리였다. 아이 하나 돌보는 것도 벅찬 하루인데 꿈을 꾼다는 것은 생각조차 하기 힘든 일이었다. 하지만 아이가 점점 성장하면서 나를 돌아보게 되었다. 내가 지금 어떻게 살고 있지? 그저 하루를 버티며 살아갈 뿐 앞으로의 삶은 전혀 준비되어 있지 않고 불투명할 뿐이었다.

진지하게 나의 꿈에 대해 생각해보았다. 어린 시절엔 화가도 되고 싶었고 의사도 되고 싶었다. 최종적으로 나의 꿈은 건축가 혹은 건축설계사가 되는 것이었다. 결국 건축 관련된 회사에 입사는 했지만 내가 꿈꿔온 일을 하고 있는 것은 아니다. 그래서 여전히 이루지 못한 꿈에 대한 미련은 있다. 하지만 지금부터라도 내가 다시 건축가의 꿈을 꾸기란 발생하는 비용이 너무나 크다. 그리고 이젠 더 이상 내 꿈은 그것이 아니다.

그렇다면 내 꿈은 뭘까. 엄마인 내가 무슨 꿈을 꿀 수 있을까. 나는 사실 오래전부터 마음속에 품고 있던 생각이 있었다. 바로 이 세상에 내 이름을 남기고 죽는 것이다. 그냥 죽기엔 뭔가 억울한 기분이 든다. 아주 대단한 업적을 남기진 않더라도 나라는 사람이 살았음을 세상에 알려주고, 나를 이곳에 남겨두고 가고 싶다. 하지만 이런 생각은 그저 막연한 생각일 뿐 이를 어떻게 이뤄낼지 구체적인 계획이 있지는 않았다.

곰곰이 생각해보니 내 이름을 남길 수 있는 가장 좋은 방법은 책을 쓰는 것이었다. 책으로 나를 이 세상에 남겨두기. 이것이 엄마가 된 나의 첫 번째 꿈이 되었다. 그 꿈을 이루기 위해 지금 나는 책을 쓰고 있다. 꿈이 생겼다는 것 그리고 그 꿈을 이루어 가고 있다는 사실이 내 가슴을 뛰게 만든다.

꿈이 생겼지만 시간이 부족하다면 그 꿈은 이룰 수 있을까?

꿈을 이루려면 '꾸는' 것만으로는 턱도 없다. 시간의 문제를 해결해야 한다. 하루에 두 시간은 자신이 좋아서 선택한 일에 써야 한다. 시작해서 6개월 이내에 스스로 변화를 감지하고 확신을 가지려면 하루에 적어도 두 시간은 써야 한다. 변화를 시작해서 6개월이 지나도록 변화로 인한 보람과 의미를 발견하지 못하게 되면 지칠 수 있다. 지치기 전에 변화의 혜택을 즐기려면 하루의 10퍼센트 정도는 자신에게 되돌려주어야 한다.'

　　_ 구본형, <나는 이렇게 될 것이다> 중

　　엄마가 된 우리, 꿈을 꾸는 것도 벅차지만 꿈을 꾸었다고 해도 그 꿈을 이루기 위한 나만의 시간이 절대적으로 부족하다. 어떻게든 하루를 쥐어짜서 내 시간을 만들어내야 한다. 뒤에 다시 이야기하겠지만 나는 새벽 시간을 활용하기로 했다. 아이를 재우고 난 이후는 체력이 바닥난 상태라 아무 의욕이 없다. 그리고 아이를 재우다 나도 같이 잠드는 날이 허다하다. 그렇다면 내가 시간을 낼 수 있는 방법은 평소보다 조금 일찍 일어나는 것밖에 없다. 나는 이전보다 조금씩 일찍 일어나기로 했다. 그 시간에 책을 읽고 글을 쓰고 공부를 하기로 했다. 물론 마음처럼 몸이 안 따라주는 날도 많았다. 하지만 명확한 꿈이 생기자 나는 새벽 기상이 점점 익숙해지고 쉬워졌다. 내가 해야 할 일이 분명하고 이루고 싶은 꿈이 간절하기에 어떻게 해서든 내 시간을 만들 수 있었다.

　　이전의 나는 언제나 '나중에' '언젠가' '시간이 나면'

이라는 말을 입에 달고 살았다. 내겐 늘 시간이 없다고 생각했기 때문이다. 늘 아이와 직장, 집안일을 핑계로 난 모든 걸 할 수 없다고 불평하고 미루기 일쑤였다. 하지만 지금의 나는 다르다. 내게 더 이상 '언젠가'는 없다.

　'그는 자신이 노년에 이를 때까지 인생을 감미롭게 해줄 모든 것들을 '시간이 생기면' 이라는 전제로 조금씩 미뤄왔음을 깨달았다. 실제로 언젠가는 여유 시간을 가질 수 있을 것처럼, 인생의 끝자락에서는 상상해온 행복한 평화를 얻게 될 것처럼. 그러나 평화는 없다. 어쩌면 승리도 없을 것이다.'
　_ 생택쥐베리, <야간비행> 중

이대로 버리기엔 아까운 시간

새벽 4시. 알람이 울린다. 나는 지체 없이 일어나 알람을 끈다. 곧장 화장실로 가서 세수하고 양치를 한다. 거울 속 내 모습을 바라본다. 약간 피곤해 보이지만 그래도 눈에는 생기가 돈다. 화장실에서 나와 물을 한 잔 마시고 책상 앞에 앉는다. 이렇게 오늘 하루를 시작한다.

2019년 9월부터 지금까지 나는 미라클 모닝을 실천하고 있다. 아침에 일찍 일어나 책을 보고 공부를 하고 운동을 하는 등의 자기 계발 시간을 갖는 것을 미라클 모닝이라 부른다. 처음에는 미라클 모닝이라는 단어조차 생소했다. 하지만 이제는 나에게 미라클 모닝은 당연한 일상이 되었다. 가장 처음 미라클 모닝을 결정한 계기는 앞서 말한 것처럼 아이의 질문 때문이었다. 아이의 질문에 제대로 대답해주지 못하고 얼버무리는 내 모습이 너무나 바보처럼 보였다. '이대로는 안 되겠어!'라는 생각으로 나는 미라클 모닝을 실천하게 되었다.

처음부터 무리하지는 말자는 생각에 기상 시간을 딱

한 시간만 앞당겼다. 7시에서 6시로 시간을 당겼다. 아침의 한 시간은 그 어느 시간보다도 대단한 힘을 가지고 있었다. 우선 일어났다는 그 자체만으로 굉장한 성취감을 주었다. 그 시간은 온전히 내게 집중할 수 있는 시간이었다. 내게 주어진 너무나 소중한 시간이기에 나는 완전히 몰입해서 한 시간을 굉장히 알차게 사용할 수 있었다.

하지만 평소 습관이 되어있지 않았기 때문인지 며칠이 지나자 금세 몸이 흐트러지고 말았다. 알람을 끄고 다시 잠들어 버리기도 했다. '난 일하고 애까지 키우는 데 이렇게까지 날 고생시킬 필요는 없어.'라고 나 자신을 합리화하며 다시 잠을 청하기도 했다. 미라클 모닝을 꾸준히 유지하기 위해서는 다른 대안이 필요했다. 나를 일어나게 만드는 강력한 동기가 있어야 했다.

그러던 중에 우연히 블로그를 보다가 미라클 모닝을 함께 하는 모임을 발견하게 되었다. 한 달 동안 진행하는 이 모임은 내가 정한 기상 시간에 일어나 사진을 찍어 인증하는 것이었다. 물론 비용이 있었다. 한 달 동안(주말은 제외하고) 미라클 모닝에 모두 성공하면 비용은 그대로 다시 환급받을 수 있었다. 하지만 실패를 하면 일정 금액이 벌금으로 차감되었다. 한 달 동안 가장 많은 성공을 한 VIP는 환급금과 동시에 벌금으로 쌓인 돈을 상금으로 받아 갈 수 있었다. 그리고 선물로 커피 쿠폰까지 챙겨주었다. 나는 이런 방식이라면 충분히 미라클 모닝에 성공할 수 있을 것 같았다.

확실히 혼자 할 때보다 효과는 더욱 컸다. 벌금을 절대 내지 않겠다는 의지로 매일 아침 눈을 떴다. 반드시 VIP가 되겠다는 목표로 한 달 동안 미라클 모닝을 실천해 나갔다. 결국 나는 1등을 했고 상금과 선물 그리고 환급금까지 받을 수 있었다. '돈'이라는 분명한 동기가 있었기에 쉽게 성공할 수 있었다. 하지만 이 모임을 통해 내가 받은 더욱 강력한 동기는 다른 사람들을 보며 받는 '자극'이었다.

내가 자고 싶은 만큼 자고 생각 없이 사는 동안은 몰랐다. 다른 사람들이 이토록 자기 발전을 위해 치열하게 살고 있는 것을. 그 모임 안에는 여러 사람들이 있었다. 취업을 앞둔 대학생, 평범한 직장인, 아이 셋을 키우는 엄마⋯. 가장 큰 동기 부여가 되었던 사람은 아이 셋을 키우는 워킹맘이었다. 이 엄마는 나와 함께 공동 1등을 했는데 더욱더 놀라운 것은 그녀의 기상 시간은 새벽 4시였다. 정말 대단하다는 생각밖에는 들지 않았다. 6시에 일어나 카톡 대화방을 열면 항상 새벽 4시에 남겨놓은 인증사진이 있었다. 다른 사람들이 남겨 놓은 메시지들도 큰 자극이 되었다. 매일 책을 읽고 영어 공부를 하고 운동을 하는 모습을 보며 한 달 동안 무너지지 않고 미라클 모닝을 성공시킬 수 있었다.

　나는 한 달간 이 모임을 통해서 미라클 모닝에 완벽히 적응했다. 그리고 점점 시간을 앞당겨 나갔다. 10분, 20분씩 당겨가며 내 몸을 천천히 새벽 기상에 맞춰나갔다. 그래서 지금은 새벽 4시에 무리 없이 일어나고 있다. 지금은 매일 아침 기상 시간만 인증하는 미라클 모닝 카톡방에 참여하고 있다. 비용도 없고 그저 자발적으로 참여하는 모임이다. 미라클 모닝에 성공하고 싶다면 혼자보다는 함께하기를 추천한다. 혼자 하다 보면 어느 순간 제풀에 지쳐버리고 만다. 자기 합리화를 하며 서서히 무너져버리기 쉽다. 미라클 모닝, 그리고 자기 계발은 끊임없이 동기 부여가 필요한 일이다. 다른 사람들이 얼마나 열심히 살고 있는지 매일 느껴야 한다.

　하지만 그것보다도 중요한 것은 '일어날 이유'가 반드시 있어야 한다는 것이다. 남들이 하니까, 책을 읽어야 하니까 일어나는 게 아니다. 내가 일어나서 즐겁게 하고 싶은 일이 있어야만 한다. 나는 여러 모임을 통해 내가 일어나서 해야 할 일을 만들었다. 온라인을 통한 독서 모임, 글쓰기 모임 등에서 활동을 하며 아침에 일어나 책을 읽고 글을 쓰는 일을 반드시 해야 할 일로 만들었다. 물론 그 일은 내가 억지로 하는 것이 아니기 때문에 기꺼이 일찍 일어나서 즐겁게 할 수 있는 것이다. 아침에 일어나서 뭘 해야 할지, 어떤 목표를 세워야 할지 막막하다면 온라인에서 이루어지는 다양한 모임, 챌린지 등에 참여해보면 어떨까. 누가 시켜서 하는 일이 아닌 내가 하고 싶은 일을 찾아 아침을 그 일로 시작한다면 생각보다 미라클 모닝이 어렵지 않을 것이다.

나는 여전히 시간이 부족했다. 아침에 쓰는 2~3시간만으로는 충분하지 않았다. 읽어야 할 것, 써야 할 것, 보고 들어야 할 것들이 너무나 많았다. 아침에 일어나서 내가 하고 싶은 것들을 모두 다 하기에 시간은 너무나 빠르게 흘러갔다.

나는 혹시 내게 낭비되는 시간은 없는지 생각해 보았다. 가만 생각해보니 점심시간과 출퇴근 시간은 내가 충분히 활용할 수 있는 시간이었다. 점심을 먹고 남는 시간 20~30분 그리고 출퇴근 시간 약 2시간. 이 자투리 시간을 나는 어떻게 활용할지 고민해 보았다.

점심시간은 사실 직원들과의 친목 도모 시간이다. 점심 식사 후 휴게실에 모여 앉아 상사 뒷담화도 하고 연예인 이야기도 하고 맛집, 드라마, 영화 등등 다양한 이야기를 하며 보내는 꿈같은 시간이다. 나는 그 대화에 빠질 수는 없었다. 하지만 그냥 시간을 버리기는 아까웠다. 책은 집중해서 봐야 했기에 대화를 하며 볼 수는 없었다. 그래서 신문을 선택했다. 눈으로는 설렁설렁 신문을 훑고, 중간중간 대화에 참여했다. 눈에 띄는 제목이 있으면 집중해서 기사를 읽고 대화에도 간간히 끼어들어 갔다. 처음에는 동료들이 '뭐 하나?' 싶은 얼굴로 바라보았지만, 시간이 지나자 그다지 신경을 쓰지 않았다. 내가 신문을 보다가 재밌는 기사가 있으면 이야깃거리를 던져 주기도 했다. 그냥 수다만 떠는 시간으로 흘려버리지 않고 신문을 보며 세상을 배웠다.

출퇴근 시간, 전에는 그냥 길에 버리는 시간이었다. 전철을 타고 다녔다면 책을 들고 다니며 읽기라도 했을 것이다. 하지만 나는 직접 운전을 해야 했기에 책을 보기란 쉽지 않았다. 차 안에서 눈과 손은 자유롭지 못하다. 딱 한 가지 자유로운 것은 바로 '귀'다. 나는 차 안에서 충분히 듣기를 하기로 했다. 전에는 시시콜콜한 라디오 프로그램만 들었는데, 찾아보니 너무나 유익한 들을 거리가 많았다. 출근 시간에는 주로 '이진우의 손에 잡히는 경제'를 들었다. 유용한 경제 정보를 쉽게 배울 수 있어서 내가 가장 좋아하는 프로그램 중 하나이다. 퇴근 시간에는 영어,

독서, 강연 등 다양한 분야를 끌리는 대로 들었다. 네이버 오디오 클립에서 제공하는 오늘의 영어 회화를 들으며 차 안에서 있는 힘껏 영어를 따라 말하기도 했다. 팟캐스트에서 제공하는 다양한 방송들을 듣다 보면 시간 가는 줄을 몰랐다. 가끔은 집 앞 주차장에 도착해서도 끝까지 듣고 갈 때도 있었다. 최근에는 오디오북을 들으며 운전하는 데 푹 빠졌다. 책을 읽지 않고 들을 수 있다니, 참 좋은 세상에 살고 있다.

하고 싶은 일이 생기니 시간도 생겼다. 내가 만들어 낸 시간, 그 시간을 나는 충분히 활용하고 알차게 보내고 있다. 가만히 생각해 보면 분명 버려지고 낭비되는 시간이 있다. 그 시간을 온전히 내 것으로 만들기 위해서는 행동해야 한다. 아주 작은 시간이라도 그 시간을 나를 위해 제대로 써야 한다. 우리 인생은 생각보다 그리 길지 않으므로.

'짧은 인생은 시간의 낭비에 의해 더욱 짧아진다.'
_ 영국 문학가 새뮤얼 존슨

나를 변화시킨 독서

"어머, 부모님이 서점을 하면 아이들이 정말 책을 많이 읽겠네요?"

"아하하…. 그렇지도 않아요."

어린 시절에 주변 사람들로부터 부모님이 종종 듣던 질문이다. 그럴 때마다 우리 부모님은 어색하게 웃으며 대답을 얼버무렸다. 서점 집 딸이라고 해서 결코 책을 많이 읽지 않았기 때문이다. 사실 나는 책에는 그다지 관심이 없었다. 나는 매월 발간되는 연예 잡지에 내가 좋아하는 연예인의 기사가 있는지, 이번 패션 잡지의 부록은 얼마나 핫한 아이템인지, 이런 데에만 관심이 있을 뿐이었다.

우리 아빠의 꿈은 서점 주인이었다. 그런데 마침 아빠가 건너 건너 아는 사람이 서점을 정리하고 인수할 사람을 찾는다는 소식을 듣게 되었다. 아빠는 그렇게 서점을 인수하여 오랜 꿈이었던 서점을 운영하게 되었다. 내가 6살 무렵이었다. 그 후로 20여 년 동안 아빠는 서점을 운영했다. 그래서 나는 어린 시절, 학창 시절을 본의 아니게 늘 책과 가까이 지낼 수밖에 없었다.

　나는 책을 좋아하지 않았다. 정확히 말하자면 책을 '읽는 것'을 좋아하지 않았다. 하지만 '책'이라는 물리적인 성질은 참 좋아했다. 늘 가까이 있었기 때문에 익숙해졌기 때문인지도 모르겠다. 그래서인지 나는 책을 많이 읽지는 않았지만, 책 놀이는 즐겼다. 내 책꽂이에 있던 몇 권 안 되는 책들에 일일이 견출지를 붙이고 번호를 매겨 도서관 놀이를 했다. 우리 집에 놀러 오는 친구들에게 여기가 나의 도서관이라며 책을 빌려주었다. 물론 호응이 그다지 좋지는 않았다. 친구들은 억지로 책을 빌려 갔다.

　서점과 우리 집은 한 건물에 있었다. 1층은 서점이고 2층은 우리 집이었다. 나는 서점에 수시로 들락거리며 진열된 책들을 구경하길 좋아했다. 물론 읽지는 않았지만, 베스트셀러가 뭔지 신작도서가 무엇인지는 늘 꿰고 있었다. 그래서 웬만한 작가의 유명한 책은 대부분 알고 있었다. 하지만 언젠가는 저 책들을 반드시 읽으리라 다짐만 할 뿐이었다.

　아빠와 엄마는 모두 책을 좋아했다. 하지만 나는 부모님의 기대만큼 책 읽기를 좋아하지 않았다. 서점 구석에 앉아 연예 잡지나 펼쳐보는 딸의 모습이 얼마나 한심스러웠을까. 나에게 책이라는 건 언제나 마음의 집 같은 것이었다. 읽어야 한다는 걸 너무나 잘 알고 있어서 늘 마음에 부담을 안고 살았다. 왜 나는 아빠, 엄마처럼 즐겁게 책을 읽지 못하는지 스스로 자책도 많이 했다.

내가 대학교 2학년이 되든 해 어느 날, 나는 갑자기 책을 읽고 싶다는 강력한 욕구가 치솟았다. 그동안 마음속에 지니고 있던 반드시 읽으리라 다짐했던 책들을 마구잡이로 읽기 시작했다. 이문열의 삼국지, 최명희의 혼불 등 장편소설을 이때 다 읽었다. 한국 문학에 꽂혀 박완서와 박범신의 소설책도 연신 읽었다. 하지만 학년이 올라가면서 점점 취업에 대한 압박과 스펙을 쌓기 위한 공부를 하다 보니 다시 책은 내게서 멀어졌다.

그 후로 한동안 나는 책 읽기를 멈추었다. 취업하고 연애를 하고 결혼을 하는 동안 읽은 책은 손에 꼽힐 만큼 적다.

내가 다시 책을 읽게 된 것은 2019년 여름, 출근길 라디오 프로그램에서 들은 낯선 목소리 때문이었다. 매일같이 듣던 라디오에서 새로운 코너가 편성되었다. 바로 책을 소개해 주는 코너였다. 게스트는 유튜버 '겨울서점'이라고 했다. 그때까지만 해도 유튜브를 전혀 보지 않았던 나는 그녀가 그렇게 유명한 사람인지도 처음 알았다. 차분한 목소리로 그녀가 전하는 이야기에 나는 완전히 빠져버렸다. 그날 나는 바로 유튜브에 접속해 '겨울서점'을 검색했다. 그동안 올라온 동영상들을 정신없이 시청했다. 책이라는 소재로 이렇게 재미있는 영상들을 찍다니. 그녀가 소개해 주는 책들은 한 권도 빠짐없이 읽어보고 싶은 충동이 들었다. 이날, 나는 다시 독서에 불을 지피게 되었다. 제대로 독서를 하고 싶어졌다.

그동안 책 읽기의 재미를 제대로 알지 못했던 나는 독서의 세계에 완전히 빠져들었다. 책을 읽을 시간이 충분하지 않으니 더 몰입하고 집중해서 읽었다. 책을 읽을수록 나는 즐거움과 동시에 후회와 아쉬움이 밀려왔다. 다른 누구보다도 책을 읽을 환경과 조건이 충분했는데 난 왜 그동안 이 즐거움을 발견하지 못한 것일까. 하지만 이제라도 독서의 기쁨을 누릴 수 있어서 감사했다. 부모님이 물려주신 독서 DNA가 이제야 내게서 빛을 발하는 것이라 생각했다.

나는 책을 읽고 그냥 덮어버리기가 아쉬워 조그마한 노트를 한 권 샀다. 책을 읽은 날짜, 책 제목과 작가의 이름을 적었다. 내 마음을 이끈 문장들을 옮겨 적고 느낀 점도 짤막하게 썼다. 예전엔 독후감이 가장 끔찍한 과제였는데 이젠 스스로 책을 읽고 독서 노트까지 쓰다니. 독서를 하면서 달라진 내 모습이 대견하면서도 낯설게 느껴지기도 했다.

책을 읽고 독서 노트를 쓰는 것이 재미있었지만 어쩐지 심심했다. 누군가와 함께하고 싶었다. 그래서 나는 독서 모임을 찾기 시작했다. 오프라인으로 하는 독서 모임은 왠지 부끄럽기도 하고 여건상 시간을 내기도 어려워 온라인 독서 모임을 찾았다. 처음으로 내가 시작한 독서 모임은 벽돌책을 격파하는 모임이었다. 벽돌책은 말 그대로 책이 벽돌처럼 두꺼워서 감히 읽을 엄두를 내기 힘든 그런 책들을 말한다. 한 달 동안 격파할 책은 유발 하라리의 <사피엔스>였다. 나는 매일 시간을 쪼개어 이 책을 읽었다. 책을 읽고 매주 주어진 과제를 제출했다. 온라인으로 진행하는 독서 모임이기 때문에 소통은 카톡으로 이루어졌다. 매일 카톡방은 다양한 지식과 정보가 오갔다. 책을 읽으며 자신들의 생각을 주고받는 것이 너무나 재밌었다. 더불어 독서 모임에서는 책을 읽으면서 들으면 좋은 노래, 책을 읽기 좋은 여행지, 요즘 같은 날씨에 읽기 좋은 시집을 추천하는 등 혼자였다면 절대 알 수 없었을 이야기들이 수없이 오고 갔다.

독서 모임을 통해 다양한 사람들을 만나면서 깨달았다. 책을 많이 읽은 사람들은 사고의 방식이 남달랐다. 아는 것이 많으니 바라보는 시각도 더욱더 넓고 깊었다. 같은 것을 읽고도 책을 많이 읽은 사람은 사고의 확장 폭이 더욱 컸다. 지식인들 사이에서 나의 무지함이 탄로 날까 봐 쉽게 대화에 끼어들지 못할 때도 많았다. 하지만 주눅 들거나 의기소침해지지 않았다. 오히려 그들로 인해 나는 독서에 대한 강한 동기부여를 받을 수 있었다. 독서 모임 참가자 중에 내가 유일한 아이 엄마였는데 오히려 그들이 나를 더 대단하게 생각했다. 한 달의 독서 모임이 끝나고 독서 모임의 리더분이 나에게 이런 쪽지를 남겨 주었다.

"육아까지 병행하셔서 고단하셨을 텐데 끝까지 마무리하시는 걸 보고 '책임감' 그리고 '끝까지 하기'에 대해 많이 배웠습니다."

나를 독서의 세계로 빠져들게 한 유튜브 <겨울서점>. 이곳에서 추천한 책 중에서 내가 가장 처음 읽은 책은 고 김진영 교수의 <아침의 피아노>이다. 이 책은 시한부 판정을 받은 작가가 죽음을 앞두고 떠오르는 단상들을 묶은 책이다. 나는 이 책의 마지막 장을 덮으며 한동안 가슴이 먹먹하고 저릿했다. 하루하루 그저 살아가는 것이 급급했던 나는 이 책을 읽고 난생처음 '삶'에 대해 깊은 생각에 빠져들었다.

'살아 있는 동안은 삶이다. 내게는 이 삶에 성실할 책무가 있다. 그걸 자주 잊는다.'

책에서 이러한 문장을 맞닥뜨린 나는 가슴이 쿵 내려 앉았고 머리는 띵했다. 그동안의 내 삶을 돌아보게 되었다. 나는 내 삶에 얼마나 성실했는지 반성하게 되었다. 또 한편으로는 '이러한 문장을 쓸 만큼의 내공이 쌓이려면 얼마나 많은 책을 읽고 사색해야 하는 걸까?'라는 생각도 들었다. 책을 좀 더 많이 그리고 깊이 있게 읽고 싶어졌다.

다시 시작한 독서는 바로 이런 매력이 있었다. 내 삶의 태도 자체를 변화 시켜 주었다. 책을 읽으면서 나를 일깨우는 문장을 마주할 때마다 희열을 느꼈다. 문장을 받아 적고 내 생각을 적었다. 독서를 하기 전에 나는 나의 내면 깊은 곳을 바라보지 못했다. 나와 마주 앉아 대화를 나누어 본 적도 없다. 하지만 다시 책을 읽기 시작하면서 나는 끊임없이 나 자신과 대화했다. 이전의 나는 한없이 약한 유리 멘탈로 상처받는 일이 많았다. 하지만 독서를 통해 나는 이전보다 더욱 성숙해지고 단단한 내면을 가진 엄마가 되었다. 워킹맘으로 살면서 겪는 마음고생을 전보다 더 잘 이겨낼 수 있었다.

멘탈이 무너지는 경험을 수없이 하는 우리에게 다시 일어설 힘을 주는 것은 책이다. 주저앉아 있는 당신에게 살며시 책 한 권을 권하고 싶다.

필사의 즐거움

김훈의 <칼의 노래>를 읽는다. 한참 동안 문장 속에 내 눈과 마음이 머문다. 읽고 지나쳐 버리기가 아쉽다. 노트를 펼친다. 한 자 한 자 그대로 옮겨 적는다.

'시퍼런 칼은 구름무늬로 어른거리면서 차가운 쇠 비린내를 풍겼다. 칼이 뜨거운 물건인지 차가운 물건인지를 나는 늘 분간하기 어려웠다. (중략) 이 방책 없는 세상에서 살아 있으라고 칼은 말하는 것 같았다.'

필사한 펜을 내려놓고 다른 색깔 펜을 집어 든다. 필사한 글 아래 마구잡이로 떠오르는 내 생각을 적어본다.

'칼이란 어떤 존재일까. 날카로운 칼날은 무섭도록 차갑다. 그 차가운 칼끝이 적의 몸속으로 뜨겁게 들어간다. 저 혼자 제 자리를 지키고 있을 땐 차가운 기운을 내뿜지만, 전쟁터에서 휘두르는 칼은 뜨겁다. 언젠가 제 몸에 들어올 뜨거운 칼날을 생각하며 이순신은 방 안에 홀로 앉아 차가운 칼날을 어루만졌을까.'

매일 아침 나는 책을 읽고 필사를 한다. 단순히 옮겨

적기만 하는 것이 아니다. 마음을 울리는 문장들을 우선 적는다. 그리고 그 문장을 읽으며 떠오르는 내 생각들을 함께 적는다. 논리 정연하지 않아도 좋다. 아무 말 대잔치여도 상관없다. 머릿속에 맴도는 생각을 직접 글로 적는다. 매일 이렇게 조금씩 글을 쓴다.

　　나의 필사는 아주 우연히 시작되었다. 책을 읽다 보니 글을 쓰고 싶은 생각이 불현듯 들었다. 글쓰기에 관한 책을 읽기 위해 검색을 하던 도중에 <유시민의 글쓰기특강>이라는 책이 눈에 들어왔다. 책을 읽기 전에 어떤 책인지 궁금해서 검색해 보았다. 한 블로거의 글이 눈에 띄어 클릭했다. 내 마음이 끌린 것은 이 책을 읽고 박경리의 <토지> 필사를 하기 시작했다는 내용이었다. 그 블로거는 <엄마표 책육아>를 쓴 지에스더 작가님이었다. 지 작가님은 <토지>를 필사하는 모임을 만들어 활발히 활동하고 있었다. 3개월 정도에 한 번씩 모집하는 토지 필사는 마침 내가 그 블로그를 찾아냈을 때 막 8기의 모집이 마감된 시점이었다. 당장 블로그 이웃을 하고 게시글 알람까지 해둔 뒤 9기 모집 글이 올라오기만을 기다렸다.

　　'21권이나 되는 토지를 읽기도 벅찬데 필사까지?'라는 생각이 들기도 했다. 압도적인 양 때문에 읽는 것조차 시도하지 않은 내가 과연 필사까지 할 수 있을지 의문이

들었다. 하지만 나는 무슨 이유에서인지 반드시 하고 싶었다. 드디어 9기를 모집한다는 글이 올라왔다. 나는 가장 첫 번째로 신청을 했다. 매일 하나의 소제목씩 읽고 쓰고 싶은 문장을 옮겨 적고 내 생각도 간단히 적는다. 매일 아침 일어나자마자 하는 필사는 내가 가장 좋아하는 시간이다. 읽고 쓰는 것. 이 행위 자체가 나에게 행복감을 준다.

내가 필사를 하는 이유는 무엇일까? 필사가 주는 매력은 무엇이기에 나는 필사에 빠져 매일 이 일을 해내고 있는 것일까? 내가 필사를 하는 이유는 다섯 가지다.

첫째, 단순히 읽고 덮어버리지 않기 위함이다. 책은 읽는 것으로 끝나선 안 된다. 물론 읽는 행위 자체도 훌륭하다. 하지만 읽기만 하고 책을 덮어버리면 그 책은 내 것이 되지 않는다. 모든 책을 필사할 필요는 없다. 내게 가치 있다고 판단되는 책이라면 필사한다. 작가가 남겨 놓은 문장들을 단어 하나하나 직접 쓰면서 그 의미를 찾아보고 생각하는 시간이 필요하다. 그래야 그 책을 제대로 읽은 느낌이 든다.

둘째, 온전히 '쓰는 것'에 집중할 수 있는 시간이 좋다. 회사에서는 컴퓨터로 모든 업무를 처리한다. 항상 손에는 핸드폰이 쥐어져 있다. 책상에 앉아 펜을 잡고 종이에 글을 써 본 게 언제였는지 기억이 나질 않는다. 우리에게 손으로 쓰는 일은 이제 일부러 하지 않으면 할 수 없는 일이 되어버렸다. 그렇기 때문에 필사하며 쓰는 행위에 몰두할 수 있는 시간을 갖는 것, 그 자체가 내겐 큰 위안이 된다.

셋째, 글쓰기 근육을 다질 수 있다. 글을 쓰는 것은 말처럼 쉽지 않다. '글 한번 써볼까?' 하고 책상 앞에 앉아서 단 한 줄을 써 내려가기 힘들 때가 많다. 필사는 내게 글을 쓸 수 있는 '쓸거리'를 만들어 준다. 매일 필사를 하면 매일 내게 글을 쓸거리가 생긴다. 매일 운동을 하면 말랑했던 근육이 단단해지는 것처럼, 매일 조금씩 글을 쓰다 보면 나의 글쓰기 근육, 생각 근육이 단단해진다.

넷째, 넓고 깊은 사고의 폭을 갖게 된다. 작가의 문장을 적으면서 다양한 방법과 방향으로 생각을 한다. '와, 이런 생각을 할 수도 있구나.' 혹은 '글쎄, 꼭 그렇지만은 않은 것 같은데?'와 같이 작가의 생각을 곱씹으며 내 생각을 확장시켜 나간다. 내가 소설 속 주인공이 되어 나라면 어땠을까 생각해 보기도 한다. 이 시는 무슨 의미인지 달달 외우기 바빴던 학창 시절의 시들을 온전히 가슴으로 느끼며 다르게 읽기도 한다. 다양하게 읽고 생각하고 쓰면서 나의 사고가 확장됨을 느낀다.

다섯째, 내가 갖지 못한 작가의 역량을 조금씩 채워 갈 수 있다. <유시민의 글쓰기특강>에서 저자는 말한다. 글쓰기를 잘하고 싶다면 많이 읽고 많이 쓰라고 한다. 당연한 이야기이다. 많이 읽지도 쓰지도 않으면서 글쓰기를 잘하길 바랄 순 없다. 작가의 역량을 채우고 싶다면 유명한 작가들의 책을 읽고 필사해야 한다. 글쓰기를 타고 난 사람은 극히 소수이다. 글쓰기에 재주가 없다고 재능을 탓할 것이 아니다. 얼마나 많이 읽고 썼는지가 작가의 역량을 키워내는 가장 중요한 포인트이다. 유명한 작가들의 글을 그대로 따라 쓰면서 나의 역량을 조금씩 채워 나가야 한다.

여러 작가들은 필사의 중요성에 관해 이야기한다. 시인 안도현은 이렇게 말했다.

'나는 그야말로 필사적으로 필사했다. 그런 필사의 시간이 없었다면 내게 백석은 그저 하고 많은 시인 중의 하나로 남았을 것이다. 그가 내게 왔을 때 나는 그의 시를 필사하면서 그를 붙잡았다.'

태백산맥으로 유명한 작가 조정래 역시 필사가 주는 긍정적 효과를 강조했다.

'필사는 책을 되새김질하는 과정이에요. 단순히 글자

를 쓰는데 끝나지 않고 통독을 하면서 옮겨 쓰는 것이기 때문에 책을 백번 읽는 것보다 한번 필사하며 읽는 것이 효과적이기 때문이죠.'

　수백 년, 수천 년 전의 글이 나의 필사 노트에 담긴다. 그들의 정신과 숨결이 현재의 나에게도 가까이 느껴진다. 좋은 글, 사람의 마음을 울리는 글은 영원히 이 세상에 남겨진다. 그런 글들을 필사하면서 생각한다. 나의 글 역시 이 세상에 남겨졌으면 좋겠다고…. 세상에 영원히 남겨질 좋은 글을 쓰겠노라고 다짐한다. 누군가의 노트 위에 나의 문장이 쓰여지길 바라는 마음으로 오늘도 필사를 한다.

하루 세 줄, 감사일기의 힘

미혼모의 딸로 태어난 한 아이가 있다. 아이는 엄마에게 버림받고 할머니의 손에서 자랐다. 삼촌에게 성폭행을 당하고 14살이라는 어린 나이에 출산했다. 미혼모가 된 이 아이는 자신이 낳은 아이가 2주 만에 죽자 큰 충격에 휩싸였다. 그 충격으로 가출을 했고 마약중독으로 엉망이 되어버린 삶을 살았다. 107kg이나 되는 뚱뚱한 몸으로 삶의 의욕을 모두 잃어버린 채 살았다. 이 아이는 바로 미국 최고의 토크쇼 진행자 '오프라 윈프리'다.

누구보다 지옥 같은 삶을 살았던 오프라 윈프리가 세계적으로 영향력 있는 인물로 성장한 힘은 어디서 나온 것일까? 바로 '감사'의 힘이다. 윈프리는 매일 감사일기를 쓰면서 자신의 처한 현실을 극복해내는 자신감을 얻었다. 그녀의 삶은 긍정적으로 변화하였고 결국 놀라운 성공을 이뤄낼 수 있었다.

오프라 윈프리는 자신의 책 <내가 확실히 아는 것들>에서 이렇게 이야기한다.

'만약 당신이 당신 앞에 나타나는 모든 것을 감사히 여긴다면 당신의 세계가 완전히 변할 것이다. 가지지 못한 것 대신 내가 이미 가지고 있는 것들에 초점을 맞춘다면 당신은 자신을 위해 더 좋은 에너지를 내뿜고 만들어낼 수 있다.'

'감사하게 되면 내가 처한 상황을 객관적으로 멀리서 바라보게 된다. 그뿐만 아니라 어떤 상황이라도 바꿀 수 있다. (중략) 감사하는 것이야말로 당신의 일상을 바꿀 수 있는 가장 빠르고 쉬우며 강력한 방법이라고 나는 확신한다.'

내가 참여했던 미라클 모닝 모임에서는 기상 시간을 인증하는 것 이외에 한 가지 미션이 더 있었다. 바로 '하루 3줄 감사일기 쓰기'였다. 나는 지금까지 살면서 단 한 번도 감사일기라는 것을 써본 적이 없었다. 해보지 않았던 것을 하려니 어려웠다. '감사한 게 없는데 뭘 감사해야 하지?' 나는 감사한 것을 쥐어짜야 했다. 매일 3가지를 채우는 게 쉽지 않았다.

'다른 사람들은 과연 뭐라고 감사일기를 쓸까?' 다른 참가자들이 매일 카페 게시판에 인증하는 감사일기를 하나씩 확인해보았다.

1. 오늘도 일찍 일어나 하루를 시작할 수 있어서 감사합니다.
2. 버스를 놓칠 뻔했는데 기사 아저씨가 기다려 주셔서 지각하지 않았습니다. 감사합니다.
3. 퇴근 후 친구와 맥주 한 잔 마실 수 있어서 감사합니다.

　나는 감사일기에 굉장히 대단한 것을 적어야 한다고 생각했다. 그래서 때론 부담스럽기도 했다. 매일 감사할 일이 전혀 없는 줄로만 알았다. 하지만 다른 사람들이 쓴 감사일기를 보며 깨달았다. 일상의 모든 순간은 다 감사한 것이었다. 내가 겪는 사소한 모든 것이 다 당연한 것이 아니기에 모두 감사해야 할 것이었다.

　나는 마음을 다시 가볍게 하고 감사의 대상을 사소한 것까지 확장했다. 아침에 눈을 뜨면 지저귀는 새소리, 따사로운 햇살에도 감사했다. 내가 앉아서 책을 볼 수 있는 책상과 의자가 있어 감사했다. 책을 볼 수 있는 시간도 감사했고, 잔잔히 들을 수 있는 음악도 감사했다. 조금만 생각을 바꾸니 너무나 감사할 것들이 많아졌다.

　누구나 나처럼 처음 감사일기를 쓰려고 하면 머릿속이 하얘진다. 그동안 한 번도 써본 적이 없기에 막막하기도 하고 뭘 어떻게 감사해야 할지도 잘 모르겠다. 하지만 감사일기는 생각보다 어렵지 않다. 어떻게 써야 하는지 알고 나면 하루에도 몇십 개를 쓸 수 있다. 우선 감사일기를 쓰기 위해서는 감사의 대상에 대해 생각해야 한다. 첫 번째 대상은 나를 살게 하는 모든 것들이다. 숨 쉬는 공기, 마시는 물, 맛있는 음식, 질 좋은 수면 등이다. 너무 당연해서 고마운 줄 모르고 살았던 것들을 하나씩 들여다보면 너무나 감사하게 느껴진다. 두 번째 대상은 내가 가진 것들이다. 내가 앉아있는 자리 주변을 둘러본다. 핸드폰, 노트북, 책상, 침대, 블루투스 이어폰 등등. 내가 가진 모든 물건은 나에게 편안함과 편리함을 준다. 아무 생각 없이 사용만 할 때는 미처 알지 못했다. 내가 가진 것에 감사한 마음을 적다 보면 감사할 것들이 넘쳐난다. 세 번째 상대는 사람이다. 우선 가장 가까운 사람들을 생각해 본다. 부모님, 남편, 아이, 친구들…. 그들에게 감사한 것들을 적다 보면 가끔은 눈물이 나기도 한다. 그리고 완벽한 타인에 대한 감사도 있다. 택배 아저씨, 경비아저씨, 회사 식당의 아주머니, 청소 아주머니 등 그들이 없다면 내 삶도 많이 불편했을 것이다. 이런 분들에 대한 감사의 마음을 적다 보면 세상을 향한 불만도 줄어든다.

2017년 KBS <생로병사의 비밀>에서는 감사와 긍정의 힘이 인간에게 어떤 영향을 미치는지 잘 보여주었다.

만성 신부전증을 앓고 있는 환자들을 두 집단으로 나누어 한 집단에게만 8주간 감사일기를 쓰도록 했다. 그랬더니 놀라운 결과가 나타났다. 감사일기를 쓴 그룹은 쓰지 않은 그룹보다 염증 치수가 몰라보게 떨어졌다. 이 실험을 진행한 UCSD(미국 캘리포니아 주립대 샌디에이고 캠퍼스)의 폴 밀스 교수는 이렇게 말했다.

"감사일기를 쓰는 것은 우리가 부정적인 감정으로부터 멀어지도록 도와줍니다. 시간이 지날수록 작은 것에서 시작한 감사의 마음이 점점 커지면서 이전에는 감사하다고 여기지 않았던 일조차 감사할 수 있게 됩니다. 심지어 화나는 일조차 감사할 수 있게 되며, 이렇게 감사를 통해 마음 자체가 변하게 되는 것입니다."

처음에는 감사일기를 쓰는 것이 낯설었다. 어딘가 낯간지럽기도 했다. 하지만 매일 쓰다 보니 내 마음속에 놀라운 변화가 생겼다. 언제나 불평과 불만이 많았던 내가 긍정적으로 변화하기 시작했다. 우리 회사 밥은 왜 만날 이 모양일까 불평만 했다. 하지만 겨우 세 명이 먹을 밥 한 끼 차리는 것도 힘든 나는 그분들의 수고가 얼마나 감사한 것인지를 깨닫게 되었다.

왜 똑같이 일하는 데 나는 집에서도 쉬지 못하냐고 남편에게 늘 불만을 늘어놓았다. 하지만 남편은 나보다 더 무거운 책임을 지고 일하고 있었다. 업무 스트레스에 시달리면서도 집에 와서는 힘든 내색 하지 않았다. 그렇다고 집안일을 아예 등한시하는 사람도 아니었다. 독박 육아에 가끔은 억울한 마음이 들었지만, 남편에 대한 감사한 마음을 적다 보니 나의 불만은 자연스레 줄어들었다. 나와 아이 곁을 묵묵히 지켜주는 남편이 있어 고맙고 든든했다.

사실 엄마로 살면서 힘들고 지치는 순간이 많다. 그럴 때마다 나도 모르게 이런 생각이 든다. '내가 누구 때문에, 뭐 때문에 이 고생을 하는 거지?' 이렇게 늘 무언가를 탓하게 된다. 아이 때문에, 남편 때문에, 부모님이 도와주지 못했기 때문이라고…. 자꾸 '때문에'를 외치고 있다면 감사일기를 써보자. '때문에'가 아닌 '덕분에'로 마음이 바뀔 것이다. 나는 누구 때문에, 무엇 때문에 삶을 고단하게 살고 있는 것이 아니다. 누구 덕분에, 무엇 덕분에 삶을 이만큼 살아내고 있는 것이다.

아이 덕분에 나는 엄마가 되었다. 남편 덕분에 나는 지혜로운 아내가 되었다. 부모님 덕분에 나는 이토록 아름다운 세상에서 살고 있다. '때문에'가 '덕분에'로 바뀌는 마법. 하루 세 줄 감사일기의 힘이다.

나는 내 아이의 롤모델이다

"저를 일하게 만든 두 아들에게 고맙다고 말하고 싶네요. 사랑하는 아들들아, 이게 엄마가 열심히 일한 결과란다."

아카데미 여우조연상 트로피를 움켜쥐고 그녀는 당당히 이야기했다. 배우 윤여정, 그녀는 오랜 세월 묵묵히 자신의 자리에서 일했고, 75세라는 늦은 나이에 최고의 자리에 올라섰다. 엄마의 자리에서 흔들리지 않고 자신의 영역을 묵묵히 지켜왔기에 누릴 수 있는 영광이 아닐까. 지금 이 순간 그 누구보다 그녀를 자랑스러워할 사람은 바로 자식들일 것이다.

엄마가 일을 포기하지 않고 자신의 자리에서 성공하는 것은 쉬운 일이 아니다. 우리의 윗세대, 그러니까 우리 엄마가 일하던 시절에는 결혼과 동시에 회사를 그만두었다. 아이를 낳은 것도 아닌데 결혼은 곧 퇴사를 의미했다. 우리 엄마는 고등학교를 졸업해 꽤 괜찮은 회사에 취업했다. 엄마는 종종 자신이 회사에 다녔을 때 이야기를 들려

주곤 했다. 똑똑하고 일도 잘하고 회사 사람들에게 인기도 많았던 엄마. 그 시절 이야기를 하는 엄마의 얼굴은 참 즐거워 보였다. 그때가 그리워 보이기도 했다. 그런 엄마가 결혼과 동시에 회사를 그만두어야 했으니 얼마나 아쉽고 속이 상했을까.

그땐 다 그랬다. 내가 다니는 회사만 하더라도 여직원들은 결혼과 동시에 모두 퇴사를 했다고 한다. 내가 우리 회사 역사상 세 번째로 출산휴가와 육아휴직을 썼다. 최장기간 휴가를 쓰고 복직한 사례로는 처음이다. 첫 번째로 쓴 여직원은 3개월밖에 쓰질 못했다. 두 번째로 쓴 여직원은 1년을 썼지만, 복직은 하지 못했다. 워낙 보수적인 회사이다 보니 여직원들을 대하는 태도가 그 옛날 우리 엄마 시절과 다를 바 없다.

비단 우리 회사뿐만 아니라 여전히 여성에 대한 인식이 과거와 크게 달라지지 않은 곳이 많다. 이러한 환경에서 워킹맘으로 살아내는 것이 비참하기도 하고 자존심 상하기도 한다. 나도 남자들과 똑같이 공부하고 스펙을 쌓았는데 여자라는 이유로, 결혼했다는 이유로, 아이를 낳았다는 이유로 보이지 않는 차별과 무시를 당한다.

나의 딸은 그런 세상에 살지 않기를 바란다. 그래서 나는 워킹맘으로 꿋꿋하게 버티고 있다. 세상의 모든 워킹맘들이 쓰러지지 않았으면 좋겠다. 우리가 쓰러지면 앞으로 살아갈 우리 아이들도 우리와 같은 세상에서 살게 될지 모른다. 우리의 부모님들도 어쩌면 자신들과 같은 삶을 살지 않기를 바라는 마음으로 우리를 키웠을지 모른다. 그래서 더 공부를 시키고 유학도 보내고 온갖 뒷바라지를 묵묵히 감내해주셨던 것이다. 자신들보다는 더 잘 살기를 바라는 마음으로. 나 역시 그렇다. 특히 나의 딸이 지금 내가 겪는 마음고생은 하지 않았으면 한다. 내 딸이 일하는 나이가 되었을 때 일하는 여성이 더 이상은 차별받지 않는 세상이기를 바란다. 그것이 내가 워킹맘으로 살아가는 이유 중 하나이다.

　우연히 맘 카페에서 나와 비슷한 생각을 가진 글을 보았다. 자신이 이렇게 워킹맘으로 고생하며 사는 건 어쩌면 우리 아이들에게 더 나은 미래를 위해서일 거라고. 나의 자식들에게 당당히 일하며 사는 엄마의 모습을 보여주고 싶다고 했다. 나는 이 엄마의 생각에 전적으로 동의했고 공감했다. 하지만 아래 달린 댓글들은 내 생각과는 전혀 달랐다. 댓글들을 읽다 보니 마음에 못이 박히는 기분이 들었다.

　'지금 아이들은 엄마의 당당한 모습보다는 옆에 있어주길 더 원할 거에요.'

'우리 아이가 다른 아이들이 엄마랑 같이 놀이터에 오는 걸 몹시 부러워하더라고요. 그 모습이 안타까워서 저는 직장을 그만두었어요. 지금은 아이 옆에 있어 주는 게 맞는 거 같네요.'

'당당한 엄마의 모습은 아이가 조금 더 크면 보여주는 게 어떨까요?'

맞다. 너무나 맞는 말이다. 아직은 어린 내 아이에게 엄마 품보다 중요한 것이 어디 있을까. 내가 아이를 위해 아무리 열심히 당당하게 일하더라도 아이는 그걸 알아주지도 않는다. 아마 상처받는 일이 더 많을 것이다. 너무나 맞는 말이라서 반박하기 힘들다. 나 역시 아이 곁에 늘 있어 주지 못해 얼마나 많은 자책을 했는가.

하지만 그렇다고 해서 내가 일을 그만둘 수는 없다. 아이에게 너무나 미안하고 항상 곁에 있어 주고 싶다. 그렇다 하더라도 나는 워킹맘으로 살 것이다. 아마 내가 지금 다니고 있는 회사를 그만둔다고 해도 난 집에 들어앉지는 않을 것 같다. 나는 분명 다른 일을 찾아 헤맬 것이다. 내게는 가정적인 엄마의 모습보다 일하는 엄마의 모습을 보여주고 싶은 욕구가 더 강하다. 일하지 않는 내 모습을 상상하기란 쉽지 않다.

내가 존경하는 워킹맘이 있다. 대한민국 최고의 강사

이자 지금은 유튜브대학을 운영하는 김미경 강사이다. 이 책을 쓰면서 그분이 쓴 책과 각종 영상들을 참 많이 봤다. 김미경 강사도 워킹맘이다 보니 가슴 찢어지는 순간이 참 많았다고 한다. 본인과 같은 고민과 아픔을 가진 워킹맘들에게 해주는 말이 지극히 현실적이면서 큰 위안이 되었다. 그녀의 책 <이 한마디가 나를 살렸다>에서 읽은 문장이 나를 일으켜주었다.

'어떤 사람은 전업주부로 살며 아이를 키우는 것이 자기다운 모성애이자 자기애일 수 있어요. 또 어떤 사람은 밖에 나가서 자기 성취를 이루는 삶이 아이도 사랑하고 자기 자신도 사랑하는 방법일 수 있어요. 저마다 사랑하는 방식이 다를 뿐.'

그렇다. 워킹맘은 방식이 다를 뿐 누구보다 아이를 사랑한다. 그리고 나의 일도 사랑한다. 언젠가는 나의 아이도 이런 나를 이해해줄 날이 올 것이다. 나는 아이에게 좋은 엄마이자 롤모델이 되고 싶다. '나도 엄마처럼 하고 싶은 일을 하고 꿈을 성취하는 멋진 삶을 살아야지.'라는 생각을 하게끔 만들고 싶다. 물론 지금 당장은 많이 힘들 것이다. 아이와 일 사이에서 끊임없이 흔들리고 무너지는 날들의 연속일 것이다. 나 또한 책을 쓰는 도중에도 여러 번 무너지고 일어서기를 반복했다. 앞으로도 그러지 않을 것이라 장담하지 못하겠다. 하지만 분명한 것은 그럼에도 불구하고 나는 앞으로 나아갈 것이다. 무너지더라도 그대로 주저앉지는 않을 것이다.

아이가 울며 잠에서 깬 어느 날. 나는 아이에게 남겨줄 작은 일기장 안에 이런 글을 적었다.

사랑하는 내 딸 서하야.

쿨쿨 잘만 자던 네가 오늘 아침 느닷없이 펑펑 울면서 잠에서 깼단다.

서럽게 엉엉 우는 너를 꼭 안아주고 진정시킨 뒤에 물었지.

'서하야, 왜 그래? 무서운 꿈 꿨어?'

'응. 엄마를 잃어버렸어. 으앙.'

진짜 엄마를 잃어버린 줄 알았는지, 한동안 너는 울음을 그치지 못했단다.

그렇게 서럽게 울던 네가 여느 때와 마찬가지로 어린이집에 태연하게 들어가는 모습에 엄마는 그날따라 마음이 짠했단다.

단 한 순간이라도 엄마의 손을 놓고 싶지 않은 네가 어쩜 어린이집에 들어갈 땐 그렇게 아무렇지 않을 수 있니? 아무렇지 않은 척하는 거니? 아직은 어린 네가 벌써 엄마의 삶을 완전히 이해해버린 걸까? 싶은 생각에 코끝이 또 찡해 온다.

우리가 울며 버텨 온 지난 시간들 그리고 앞으로의 나날들. 나의 아이가 이런 나의 시간들을 가슴으로 이해하고 안아줄 날이 올 것이다. 엄마를 토닥이며 괜찮다고 말해줄 시간이 올 것이다. 그리고 나도 엄마처럼 뜨거운 인생을 살 것이라 다짐할 것이다. 지금 내가 넘어지고 일어서는 것은 나의 꿈 그리고 앞으로 아이가 꿀 꿈을 위한 것이다. 그래서 나는 오늘도 전쟁 같은 하루를 산다. 나의 딸이 '엄마 같은 사람'이 되는 것을 꿈꾸길 바라며.

5부

지금 빛나고 있나요

그렇게 애쓰지 않아도 돼

"이럴 거면 하지 마! 지금 뭐 하자는 거야?!"

결혼 이후로 처음이다. 남편이 나에게 소리를 지르며 화를 냈다. 화를 삭이지 못한 채 남편은 현관문을 쾅 닫고 나가버렸다. 나는 온몸이 떨렸다. 이내 다리가 풀리며 주저앉아 펑펑 울고 말았다. 영문을 모르고 내게 다가와 엄마 왜 우냐고 묻는 딸을 껴안고 한참을 더 울었다. 내 딸의 생일 하루 전날 일이었다.

작년 딸의 생일날. 출근 준비로 바쁜 아침, 그래도 생일상을 안 차릴 수는 없었다. 새벽에 떡을 배달해 주는 떡집을 겨우 찾아 떡을 주문했다. 미역국은 전날 미리 끓여두었다. 흰 밥과 미역국 그리고 백설기와 수수 팥떡을 올린 단출한 생일상을 차려주었다. 바쁜 아침에 이렇게나마 차려주어서 다행이라고 생각했다. 생일상을 찍어 부모님께 보내드렸다. 하지만 친정엄마의 반응은 나의 기대와 달랐다.

"생일상이 너무 빈약한 거 아니니. 과일도 좀 놓고 꽃도 올려주지…."

상처받은 나는 서운한 마음에 신경질을 부렸다.

"바빠 죽겠는데 그런 거까지 어떻게 챙겨!"

나는 나름대로 잘 챙겨줬다고 생각하고 있었다. 출근하느라 바빴을 텐데 수고했다는 이야기를 들을 줄 알았다. 하지만 엄마의 말 한 마디가 가슴을 후볐다. 그 말을 듣고 나서 보니 정말 허접하기 짝이 없는 생일상이었다. 나는 생일상을 차려주고도 아이에게 미안한 마음이 들었다.

그래서 이번 생일은 제대로 해주고 싶었다. 마침 올해 생일은 토요일이라서 제대로 생일상을 차려줄 수 있을 거라 생각했다. 나는 몇 주 전부터 아이의 생일을 위해 준비를 했다. 생일상 앞에서 입힐 예쁜 원피스를 골랐다. 생일상에 올려주기 위한 꽃도 사서 직접 꽃다발을 만들었다. 수제 케이크 집을 몇 군데 알아보고 생일날에 맞춰 미리 주문 제작도 했다. 알록달록 과일도 준비했고 집에서 가족들과 식사를 하기 위해 아이 생일 며칠 전부터 장을 보고 음식을 준비했다.

그런데 그 과정에서 탈이 났다. 퇴근 후 가뜩이나 할 일이 많은데 생일 준비 때문에 해야 할 일이 많아지니 짜증이 나기 시작했다. 할 일은 많고 시간은 없고 몸은 힘들고…. 나도 모르게 자꾸 가족들에게 짜증을 부리고 있었다. 퇴근 후 돌아온 남편을 보는 둥 마는 둥, 저녁밥도 먹는 둥 마는 둥, 남편이 무얼 물어봐도 제대로 대구하지도 않았다. 자꾸 엄마에게 들러붙는 아이에게 바빠 죽겠는데 왜 그러냐며 있는 짜증 없는 짜증을 냈다.

아이를 위해서였다. 더 잘해주고 싶은 마음 때문이었다. 하지만 나는 가족들에게 오히려 상처를 주고 있었다. 그런 내 모습을 나 스스로도 알고 있었다. 그렇지 않아도 내가 왜 이럴까 속으로 자책하고 있었다. 결국, 참지 못한 남편이 버럭 하고야 말았다. 다 때려치우라고.

자꾸만 눈물이 났다. 내가 이토록 애쓰는 이유를 아무도 몰라주는 것 같았다. 남편은 왜 이렇게까지 하는지 이해할 수 없다는 표정으로 날 바라보았다. 아이 역시 엄마가 왜 이렇게 울고 있는지 전혀 알지 못했다. 나는 허탈했다. 이렇게 애쓰며 살 필요가 없다는 걸 그제야 깨달았다. 내가 아무리 애를 써도 그 누구도 행복하지 않았다.

물론 생일날 아이에게 내가 해주고 싶었던 생일상을 차려줄 수 있어서 기뻤다. 하지만 엄마, 아빠가 함께 기뻐하며 축하해주지 못했다. 우리는 아이 앞에서 기쁜 척, 행복한 척했을 뿐이었다. 남편과 나는 딸의 생일날 서로 한

마디도 하지 않았다. 생일상 앞에서 함께 가족사진도 찍고 싶었는데 하지 못했다. 반쪽짜리 행복으로 채워진 생일날이었다.

남편의 마음을 이해한다. 남편이 내게 던진 날카로운 말들은 사실 내가 나에게 해주고 싶은 말이었다. 나는 나 스스로 알고 있던 진실과 마주하고 싶지 않았다. 그것을 피하기 위해 아닌 척 애써 괜찮은 척했지만 결국 들키고 만 것이다. 그렇게 애쓰지 않아도 된다는 위로를 받았어야 했는데 날카로운 진실의 말들이 내 등 뒤로 꽂히고 말았다.

비단 이날뿐만은 아니었다. 나는 늘 집에 굴러다니는 먼지를 발견하면 짜증이 났다. 화장실이 조금만 더러워져 있으면 신경질이 났다. 아이가 바닥에 조금이라도 뭘 흘리면 큰일 난 것처럼 굴기도 했다. 자꾸 한숨을 쉬고 짜증을 부리는 나 자신이 싫었다. 그런 모습을 가족들도 견디기 힘들어한다는 걸 알면서도 나도 모르게 그랬다. 딸의 생일날 사건 이후에 나는 마음을 내려놓기로 했다. 모든 완벽하게 다 잘하고 싶은 욕심을 버리기로 했다.

수북이 쌓인 먼지는 발견했으면 그때 닦으면 된다. 이

제라도 발견했으니 얼마나 다행인가. 화장실 청소 며칠 미뤄졌다고 큰일 나지 않는다. 나보다 청소 잘하는 남편이 언젠가 해 놓을 것이다. 애들은 안 흘리고 먹는 게 비정상이다. 내가 얼마나 뭐라고 했으면 딸은 뭘 흘리면 내 눈치부터 본다. "엄마, 죄송해요. 여기 흘렸어요."라고 말하는 딸에게 얼마나 미안했는지 모른다. 내가 그동안 얼마나 아이에게 스트레스를 주었던 걸까. 이제는 무조건 "괜찮다"고 말한다. 사실 정말 괜찮은 일이다. 닦으면 그만인데 나는 왜 그렇게 온갖 호들갑을 떨며 난리를 쳤을까.

나는 인스타그램 보는 걸 참 좋아한다. 특히 잘 정돈된 남의 집 인테리어 사진을 보는 걸 좋아한다. 이렇게 예쁘고 깔끔한 집이 아이를 키우고 있는 집이라는 사실에 엄청난 자괴감이 들 때가 많다. 그래서 아마 내가 더 스트레스를 받았는지 모른다. '남들은 애도 잘 키우고 일도 잘하고 집까지 이렇게 예쁜데 나는 뭐지?'라는 생각에 스스로를 더 괴롭힌 것이다.

하지만 나는 보고 싶은 대로 본 것이었다. 얼마 전 우연히 아이 셋을 가진 어떤 엄마의 인스타그램을 보았다. 그런데 그곳엔 적나라한 현실이 모두 드러나 있었다. 아이 셋을 키우는 집의 현실 모습이었다. 우리 집과 다를 바 없었다. 아니 우리 집보다 더 난리였다. 아이 셋을 키우니 그럴 수밖에. 나는 그제야 깨달았다. 내가 늘 보면서 대리만족했던 집들은 극소수에 불과하다는 것을. 누구나 다 나처럼 살고 있었다.

　　워킹맘은 미안한 마음에 더 애를 쓴다. 늘 가족들에게 잘해주지 못한다고 생각한다. 그래서 내 몸을 쪼개고 쪼개서라도 뭔가를 해주고 싶다. 잘하고 싶다. 나도 남들처럼 예쁘게 살고 싶다. 하지만 우린 슈퍼우먼이 아니다. 우리도 똑같이 24시간을 사는 사람이다. 우리에게 더 많은 시간이 주어지는 것도 아니다. 내가 할 수 있는 만큼만 하면 된다. 할 수 없는 것은 과감하게 포기할 줄도 알아야 한다. 아무리 애를 써도 누구도 알아주지 않는다. 나만 안다. 내 몸만 축난다. 애를 쓴 만큼 상처받는다. 나를 위해서 그리고 사랑하는 가족들을 위해서 마음을 내려놓는 연습이 필요하다.

　　어느 책의 제목처럼 그렇게 살아가도 좋다.
　　　　　　'애쓰지 않고 편안하게'

엄마로만 살 건가요?

나의 역할은 도대체 몇 가지일까? 내 몸은 하나인데 하루에도 수십 번 나의 역할은 바뀐다. 집에서는 엄마와 아내, 회사에서는 장대리, 친정에 가면 딸이자 언니가 되고 시댁에 가면 며느리가 된다. 이것뿐인가 어린이집에 아이를 맡긴 학부모도 되고, 겨우 몇 년 더 살았다고 누군가에게는 인생 선배 역할도 해야 한다. 이렇게 많은 역할 중에 특히 엄마라는 역할은 왜 이렇게 무겁고 힘들게 느껴지는 걸까. 진짜 나는 온데간데없고, 왜 엄마의 역할에만 매달려 아등바등하며 살아가고 있는 걸까.

나는 내가 엄마라는 사실을 받아들이는데 꽤 오랜 시간이 걸렸다. 30년을 '장새라'라는 이름으로 살았다. 그런데 어느 날 갑자기 '엄마'나 '어머니'라는 호칭으로 불리는 것이 낯설고 싫었다. 만삭의 몸으로 유아용품 박람회를 간 적이 있다. 그런데 어느 부스에서 나를 붙잡으며 이렇게 말했다.

"어머니, 이것 좀 한번 드셔보세요."

임산부인 나를 보며 그렇게 부르는 것은 당연했다. 그런네 나는 정색을 하며 대답했다.

"저 어머니 아닌 데요!"

그분이 당황해하던 표정이 잊히지 않는다. 나 역시 그때를 생각하면 왜 그랬을까 어이가 없다. 나는 내가 엄마가 된다는 것이 분명 기뻤다. 그런데 난생처음으로 '어머니'라는 호칭을 듣자 기분이 이상했다. 아니 나빠졌다. 이제 더는 내가 아니라 엄마라는 이름으로 살아야 한다는 게 어색하고 싫었다.

그래서일까? 배 속의 아이에게 '아가야, 엄마는~' 이런 식의 낯간지러운 말도 해본 적이 없다. 하고 싶지가 않았다. 아이를 낳고 나서도 내 입에서 쉬이 엄마라는 말이 잘 나오지 않았다. 하지만 아이가 하루하루 커갈수록 나는 엄마의 역할에 익숙해져 갔다. 모든 나의 신경 세포들은 아이를 향했다. 밤에 아이가 조금만 뒤척여도 눈이 번쩍 뜨였다. 나는 대충 물에 밥 말아 먹더라도 아이 이유식은 땀을 뻘뻘 흘려가며 만들었다. 조금도 억울하다거나 야속하다는 생각은 들지 않았다. 이런 나의 행동들은 너무나 당연했다. 그렇게 나는 엄마가 되어 갔다. 아이를 낳은 지 4년이 지난 지금. 이제는 엄마라는 단어가 아무렇지 않게 나온다.

"엄마랑 같이 가볼까?"

"엄마가 도와줄게."

"엄마가 만지지 말라고 했지!"

기쁠 때나 슬플 때나 화가 날 때나 이제는 무조건 '엄마가~' 라는 말이 당연하게 입에 붙는다. 완벽하진 않지만, 이 아이에게 나는 세상 어디에도 없는 유일한 엄마이다. 시간이 지날수록 내가 이 아이의 엄마라는 데 책임이 커진다. 이토록 엄마밖에 모르는 아이를 내가 정말 잘 키워내야 한다는 막중한 임무를 안고 살아간다.

엄마라는 역할은 내가 가진 수많은 역할 중 가장 무거운 책임감이 느껴지는 역할이다. 그래서 제일 힘들다. 고민도 많아진다. 엄마로서 해야 할 일도 많다. 때문에 '엄마'는 나의 여러 역할 중에서 가장 큰 비중을 차지한다. 어느 순간 나라는 존재는 사라지고 오로지 엄마라는 역할에만 치중해버리는 것이다. 그래서 내가 엄마의 역할을 제대로 해내지 못함을 느낄 때마다 좌절하고 자책을 한다.

나는 오로지 엄마로만 사는 것이 아니다. 엄마는 그저 역할에 불과하다. 내가 정해놓은 좋은 엄마의 기준에 맞추려고 하다 보면 금방 지치고 만다. 아무도 나에게 그런 엄마로 살라고 한 적 없다. 엄마가 반드시 해야 할 역할만 잘 수행하면 된다. 시간에 쫓겨 아이에게 먹일 마땅한 반찬을 만들지 못한 적이 여러 번 있다. 계란과 김으로만 아이의 끼니를 챙겨줄 수밖에 없었다. 그때마다 아이에게 얼마나 미안했는지 모른다. 나는 엄마 자격도 없다고 크게 자책했다. 하지만 한 끼 그렇게 먹었다고 해서 큰일 나지 않는다. 다음에 좀 더 신경 써주면 그만이다. 엄마의 역할에 소홀하지 않고 어떻게든 해내면 된다.

아이를 낳기 전이나 후나 나라는 사람은 변하지 않았다. 나에게 엄마라는 역할이 하나 더 생긴 것뿐이다. 그런데 엄마가 되고 나서 나를 잃어버린 기분이 들 때가 많다. 왜 그런 것일까? 그것은 나만의 시간을 갖지 못하기 때문이다.

내게는 온전히 나에게 집중할 수 있는 시간이 필요하다. 그 시간은 무엇을 하든지 상관없다. 책을 읽거나, 운동하거나, 요리하거나, 손으로 무언가를 만들거나, 아니면 커피라도 한 잔 느긋하게 마시거나, 그 어떤 것이든지 간에 내가 좋아하는 일에 온전히 몰두할 수 있는 시간이 있어야 한다. 지금 내가 좋아하는 무언가를 하고 있다는 것을 느끼는 것이 중요하다. 그 시간은 나를 있게 만든다. 나라는 사람이 존재함을 느끼게 만든다.

하지만 엄마가 된 이후에 그런 시간은 완벽하게 사라

져 버리고 만다. 24시간 아이에게 매달려 있다 보니 내 시간은 감히 엄두도 내지 못한다.

일과 육아를 병행하다 보면 내 시간 갖는 건 감지덕지, 그냥 쉬고 싶다는 생각밖에는 들지 않는다. 그러다 보니 엄마가 된 나는 진짜 나를 잃어버린 채로 살아간다. 그런데 언제까지 이렇게 엄마로만 살 수는 없다. 내가 조금만 생각을 바꾼다면 나를 위한 시간은 충분히 만들어 낼 수 있다.

물론 그 시간은 어느 날 갑자기 만들어 낼 수 있는 것은 아니다. 조금씩 천천히 나에게 맞게 만들어 가야 한다. 내가 새벽 기상을 결심하고 점점 시간을 늘려온 것처럼 처음에는 작은 목표를 가지고 시작하면 된다. 지금보다 10분, 20분 조금 더 일찍 일어나기, 하루에 책 10페이지 읽기, 스트레칭 10분 하기 등 작은 목표를 매일 이루어 가다 보면 점점 내가 낼 수 있는 시간이 늘어난다.

나는 미라클 모닝을 시작하면서 나와 같은 시간을 보내는 엄마들을 많이 만났다. 그들은 엄마로만 사는 것이 아닌 자신의 꿈을 향해 최선을 다해 살고 있었다. 엄마라고 해서 포기하고 주저앉을 이유가 없다. 엄마로만 살지 않는 내 주변의 엄마들을 보며 나 또한 그런 삶을 살겠노라 다짐한다.

'강제수용소에 있던 대부분의 사람들은 무언가를 성취할 수 있는 인생의 진정한 기회는 자기들에게 다시 오지 않을 것이라고 믿었다. 그러나 실제는 그렇지 않았다. 그곳에도 기회가 있고 도전이 있었다. 삶의 지침을 돌려놓았던 그런 경험의 승리를 정신적인 승리로 만들 수도 있었고, 그와는 반대로 그런 도전을 무시하고 다른 대부분의 수감자들처럼 무의미하게 보낼 수도 있었다.'
_ 빅터 프랭클, <죽음의 수용소에서> 중

나의 삶의 방향키는 내가 쥐고 있다. 엄마로만 살 것인지 아니면 나의 꿈을 향해 나아갈 것인지는 나의 선택으로 결정된다. 엄마라서 못할 이유는 아무것도 없다.

엄마가 되었다는 것이 포기의 이유가 되지 않았으면 좋겠다. 엄마로만 살기엔 아쉬운 인생이니까.

당신은 행복해야 합니다

"너 왜 이렇게 엄마 말을 안 들어? 빨리 안 들어와?"

"엄마 미워! 엄마 나빠! 으앙."

오늘도 아이에게 화를 냈다. 더 놀고 싶어서 목욕하지 않겠다는 아이에게 화가 머리끝까지 치밀었다. 조금 더 놀게 해줬어도 되는 건데, 내겐 그런 마음의 여유가 없었다. 별것 아닌 일에 자주 화를 내고 짜증을 부리는 내 모습에 남편도 마음이 불편한지 한 소리 한다.

"짜증 좀 부리지 마!"

억지로 욕실에 데려온 아이는 나를 바라보며 서럽게 운다.

"너 왜 우는 거야?"

"엄마 보고 싶었는데…."

온종일 보고 싶었던 엄마가 화를 낸 것이 무척이나 서러웠던 모양이다. 목욕하기 싫어서 우는 게 아니라 그토록 기다린 엄마가 화내는 게 슬펐던 것이다.

내가 화내지 않으면 집안이 평화롭다. 내 마음이 편

안하고 여유로우면 화날 일도 없다. 하지만 늘 마음이 바쁘고 조급하다 보니 별것 아닌 일에도 쉽게 짜증이 나고 화가 치민다. 결국 그 화는 가족을 향한다. 아이에게 상처를 주고 괜히 남편이 내 눈치만 보게 만든다. 아이를 낳기 전엔 몰랐다. 내게 이런 면이 있었나? 내가 이렇게 화가 많은 사람이었나? 나는 혹시 성격파탄자인가? 별생각이 다 든다.

나는 왜 자꾸 화가 날까? 엄마가 된 것이 왜 행복하지 않은 걸까? 물론 아이가 주는 기쁨과 행복감은 이루 말할 수 없이 크다. 하지만 아이를 키우면서 자꾸만 화가 나는 내 모습은 행복과는 거리가 멀어 보였다.

이런 이해할 수 없는 내 모습에 대한 궁금증을 풀어준 것은 어느 날 우연치 않게 본 한 영상이었다. '오마르의 삶'이라는 유튜브 채널의 '제발 애 낳지 마세요'라는 영상이었는데, 결혼하지 않은 30대 미혼 남성이 말하는 애를 낳지 말아야 하는 이유가 상당히 흥미롭고 설득력 있었다. 그는 이렇게 이야기했다.

'우리 엄마가 애를 둘씩이나 낳고 저렇게 살 수 있었던 것은 뭘 몰랐기 때문이다. 고생이긴 해도 결혼해서 애낳고 사는 것이 유일하고 진정한 행복이라 믿었다. 부모세대의 희생이 있었기에 지금의 우리가 있는 것은 사실이다. 하지만 그 희생을 이어받기에 우리는 너무 똑똑하다. 기성세대는 그것을 이기적이라 말하지만, 지금의 우리는 사회와 가문의 번영 이전에 개인의 행복이 가장 우선시되어야 한다는 진실을 너무나 잘 알고 있다.

아이를 잘 키우기 위해서는 부모의 행복이 전달되어야 한다. 하지만 우리는 아이에게 집중하기가 점점 힘들다. 시대가 너무 발전했고 세상에는 재미있는 게 너무 많다. 부모 세대보다 한눈팔 곳이 너무나 많아졌다.'

그의 말 한마디 한마디에 너무나 공감이 되었다. 왜 우리 엄마가 '나는 너희들 키울 때 힘들다고 생각한 적이 없다.'라고 말했는지 알 것 같았다. 엄마 세대는 우리를 잘 키우는 것, 그것이 유일한 행복이었다. 그 덕분에 우리는 높은 수준의 교육을 받고 세상이 발전함과 동시에 좋은 것들을 다 누리며 살았다. 대학을 졸업하고 스펙을 쌓으며 좋은 회사에 취직해 남부럽지 않게 커리어를 쌓으며 살았다. 그런데 결혼을 하고 아이를 낳고 나니 느닷없이 우리 엄마 시절 행복의 기준을 갖다 댄다. 자식에 대한 헌신적인 사랑과 희생을 요구한다. 그러한 사회적 잣대와 개인의 행복 사이에서 수없이 방황하면서 엄마가 된 나는 진짜 행복을 찾지 못한 채 화만 늘어가고 있는 것이다.

세상엔 너무 재미있는 게 많다는 말이 특히 공감되었

다. 작고 너무나 소소하지만 아이를 낳은 이후에 하지 못하는 것들이 많아졌다. 영화관에 가서 영화를 보는 것, 드라마를 본방 사수 하는 것, 미용실에 가서 머리를 하거나 네일샵에 가서 네일 아트를 받고 기분 전환을 하는 것. 아이를 낳기 전에 내가 누리던 소소한 행복이었다. 이뿐만이 아니다. 회사에서 아이 걱정 없이 일하는 것, 일이 끝나면 동료들과 어울려 술 한잔하는 것, 자기 계발을 위해 공부하는 것. 이런 일들 역시 나에겐 행복이었는데 아이를 낳았다는 이유로 다 포기하게 된다.

엄마가 되었다는 이유만으로 보이지 않는 틀 안에 갇혀버린 기분이다. 내 행복을 누리겠다고 이 틀을 깨부수고 나가자니 너무나 이기적인 사람이 되는 것 같다. 이러지도 저러지도 못한 채 틀 안에 갇혀 바깥세상을 바라만 보고 있다.

하지만 언제까지 이렇게 살 수는 없다. 아이를 잘 키우려면 내 행복을 우선 챙겨야 한다. 내가 행복해야 아이에게 좋은 에너지가 전달된다. 가끔 '자유부인'이 되어 잠시 동안 아이를 맡겨두고 그동안 하지 못한 것을 마음껏 누리고 집에 돌아오면 아이를 대하는 내 태도가 달라졌음을 분명하게 느낀다. 엄마에겐 이처럼 자기만의 행복을 누리는 시간이 반드시 필요하다.

엄마의 행복 찾기는 그리 어려운 것이 아니다. 지금까지 내가 엄마로 살면서 알게 된 '엄마의 행복 찾는 방법'은 아주 간단하다. 하지만 매우 큰 행복감을 준다.

첫째, 작은 사치 누리기. 내가 사고 싶은 물건을 장바구니에 담아둔 채 몇 날 며칠 고민만 하고 있지 말자. '이 돈이면 우리 애 옷 몇 벌을 더 살 텐데.' '차라리 이 돈으로 아이 동화책을 더 사주는 게 낫지.' 이런 생각들 때문에 우리는 아무것도 사지 못한다. 과소비하거나 쇼핑 중독이 되라는 말이 아니다. 가끔은 나를 위한 작은 사치가 필요하다는 것이다.

얼마 전 그동안 사고 싶었던 샌들을 샀다. 얼마나 행복했는지 모른다. 별것 아니지만 신발 한 켤레가 내게 이토록 행복을 줄지 몰랐다. 아이를 맡기고 미용실에 가서 머리도 하고, 가보고 싶었던 식당에 가서 혼자 밥을 먹고, 서점에 가서 실컷 책 구경을 하는 것. 나에게는 이런 것이 작은 사치이자 큰 행복이었다. 자신이 원하는 작은 사치를 한 번쯤 큰맘 먹고 해보길 바란다. 생각보다 큰 행복감을 준다.

둘째, 배움의 즐거움을 느끼기. 나는 무언가를 배우는 것에 욕심이 있다. 그래서 공부하고 싶은 것도 많다. 그런데 그것을 시작하는 것이 늘 어렵다. 아이가 항상 마음에 걸리기 때문이다. 물론 시작이 어렵긴 하지만 나는 결국 하고야 만다. 내가 너무나 원하기 때문이다. 코로나 이후에 좋아진 것이 한 가지 있다. 바로 내가 원하는 배움의 대부분이 온라인 교육으로 가능하다는 것이다. 요리, 그림, 글쓰기 등등 이제는 원하면 모두 온라인으로 배울 수 있는 세상이 되었다. 내가 배우고 싶었던 것을 배우는 것. 이것만큼 나를 행복하게 만드는 것은 없다. 할 수 있고 없고는 내 마음에 따라 결정된다. 배움으로 내면을 채우면 행복은 저절로 차오른다.

셋째, 공감과 소통의 대상 만들기. 엄마로 사는 건 종종 외롭고 힘들다. 나 혼자 고군분투하며 언제 끝날지 모르는 전쟁을 치르는 기분이다. 함께 하는 동반자인 남편이 있지만 내 마음을 100% 이해하지 못한다. 내 마음에 공감해주고 함께 소통할 대상이 필요하다. 그럼 한결 편해진다.

결혼하고 아이를 낳은 친구들이 그 대상이 될 것 같지만 사실 그렇지 않다. 그냥 각자 살기 바쁘다. 내 마음을 다 털어내기가 오히려 더 어렵다. 나는 주로 온라인을 통해 알게 된 엄마들과 소통을 하는 편이다. 이런저런 생각들을 두서없이 나누다 보면 마음이 편해진다. 내 생각에 공감해주는 것만으로도 기분이 좋아진다. 혹은 책을 읽거나 유튜브를 보는 것만으로도 마음이 행복해진다. 그 대상이 무엇이 되었든 내 마음을 편안히 나눌 수 있는 무언가를 꼭 만들기를 바란다.

세상을 바꾸는 시간, 일명 세바시라고 부르는 15분짜리 짧은 강연이 있다. 여기에 출연한 정신건강의학과 전문의이자 두 아이의 아빠 정우열 원장은 이렇게 말했다.

'요즘 아이들은 어른이 되고 싶어 하지 않는다. 어른인 부모의 모습이 행복해 보이지 않기 때문이다. 아이들에게 삶의 즐거움을 전해주는 것보다 더 중요한 부모의 역할이 있을까? 엄마라는 역할을 떠나 자기 자신만의 영역을 반드시 회복해야 한다. 무엇보다도 아이와 상관없이 행복한 개인이 되기를 진심으로 바란다.'

엄마의 행복을 찾는 것. 말처럼 쉬운 일이 아니라는 것을 잘 알고 있다. 나 역시 지금도 마음속에서는 수없이 많은 갈등과 고민을 하고 있다. 하지만 정원장의 말처럼 행복한 개인, 행복한 엄마의 삶을 아이에게 보여주는 것이 아이를 더 잘 키우는 방법이 될 수 있다. 그런 나를 이기적인 엄마라 불러도 좋다. 신경 쓸 필요 없다.

나의 행복은 누가 챙겨주는 게 아니니까.

엄마라서 해낼 수 있는 일

〰〰〰〰〰〰〰〰

"만약 당신이 하는 일에 대해 확신이 있고 옳은 일을 하고 있다면 그 누가 뭐래도 틀린 일이 아니에요."

얼마 전 영화 <인턴>을 다시 보았다. 2015년 영화가 개봉했을 때 영화관에서 본 이후로 5년 만에 다시 보게 된 이 영화. 30대 여성 CEO 즐스와 70대 노인 인턴 벤의 이야기로 나의 인생 영화이다. 다시 본 이 영화에서 내가 느낀 감정은 처음과는 다소 달랐다. 결혼 전이었고 입사 3년 차였던 그때 나는 주인공 줄스를 보며 성공한 그녀의 삶을 동경했다. 나도 저렇게 멋진 여성이 되고 싶다는 막연한 희망을 품었다. 하지만 워킹맘이 된 이후 다시 본 영화는 내게 다르게 다가왔다. 줄스의 삶을 고스란히 이해할 수 있었다. 성공한 워킹맘으로 살아가는 완벽한 삶 뒤에서 혼자 겪어내는 고민과 아픔에 공감했다. 일하는 엄마로 살면서 수없이 흔들렸을 그녀에게서 내 모습이 보였다. 줄스를 향한 벤의 저 한 마디가 내 마음까지 울렸다.

과거의 나는 내가 워킹맘으로 사는 것은 불가능하리라 생각했다. 아이 없이 회사에 다니는 것 자체로도 너무 힘든데 어떻게 일하면서 애를 키울 수 있을지 의심스러웠다. 나는 절대 못 할 것이라고 단정 짓곤 했다.

　　하지만 난 지금 해내고 있다. 다만 몸과 마음이 조금 힘들 뿐이다. 충분히 해낼 수 있고, 견딜만하다. 오히려 전보다 해낼 수 있는 일이 더 많아졌다. 내 안의 가능성을 발견할 때도 많다. 일하고 아이를 보면서도 내가 하고 싶은 일이 무엇인지 끊임없이 찾고 결국엔 그 일을 해내곤 했다. '내가 이런 일을 해낼 수도 있는 사람이구나!'라며 내 모습에 놀라며 대견해 하기도 했다.

　　책을 쓰고 있는 지금 내 모습이 그렇다. 아이를 낳기 전 막연한 소망이었던 책 쓰기를 지금 하고 있다. 쉽지 않은 도전이고 나 자신과 수없이 싸워야 하는 시간이다. 하지만 너무나 즐겁고 행복하다. 책 쓰기에 대한 열정으로 나는 매일 새벽마다 책상 앞에 앉는다. 내 안에 이런 열정이 있는지 몰랐다. 아이를 낳기 전에는 단 한 번도 이런 경험을 하지 못했다. 아이를 키우면서 더 행복하게 살고 싶다는 열망. 그것이 나를 움직이게 한다. 끊임없이 날 일으킨다.

　　우리에게는 불가능보다는 가능한 것이 더 많다. 끊임

없이 나를 발전시키기 위해 노력한다. 내 아이 그리고 우리 가정을 더 행복하고 편안하게 만들기 위해 늘 고민한다. 물론 다 포기해버리고 싶을 때도 종종 있다. 하지만 그것은 내 몸이 너무나 힘들 때 드는 찰나의 생각이다. 늘 더 나은 삶을 살기 위해 고민하고 행동한다.

이런 생각을 하는 워킹맘들이 요즘 많다. 그래서일까? 성공한 스타트업 대표들이 워킹맘인 사례가 늘어나고 있다. 그들 역시 좀 더 나은 삶을 고민한 결과 지금의 성공을 이루어냈다. '아이 때문에 퇴사할까?'라는 고민보다는 '아이와 함께 더 오랜 시간을 보내려면 어떤 일을 해야 할까?'를 고민한 결과였다.

온라인 육아 상담 전문기업 '그로잉맘'의 이다랑 대표는 청소년 상담센터에서 상담과 놀이치료사로 오랜 경력을 가진 베테랑이었다. 하지만 그녀 역시 아이가 태어남과 동시에 일을 포기해야 하는 고민에 빠졌다. 그녀는 한 인터뷰에서 이렇게 이야기했다.

"상담사는 전문직인데도 아이를 낳으니 경력이 단절되더라고요. 어렵게 다시 회사에 들어가도 사정 때문에 그만두어야 하는 순간들이 있었고요. 그때 깨달았죠. 단순한 부모교육뿐 아니라 부모와 관련된 모든 일을 전문적으로 도와주는 회사가 필요하다는 것을요. 경력단절 엄마들이 일할 수 있도록 도와주거나 진짜 육아에 도움이 되는 콘텐츠를 제작하는 일들 말이죠.”

이 대표 본인도 엄마이기에 알 수 있었던 진짜 엄마들의 고민. 그것을 자신의 사업 아이템으로 삼았다. 그래서 2006년 창업 이후 현재까지 그로잉맘은 이름 그대로 그로잉(Growing)하고 있다.

SNS를 자주 보는 엄마라면 한 번쯤은 보았을 광고가 있다. 바로 ‘코니 아기띠’이다. 불편하고 부피가 큰 아기띠 대신 천으로 만든 간편한 아기띠로 엄마들에게 좋은 평판이 나 있는 제품이다. 이 제품을 만든 ‘코니바이에린’의 임이랑 대표 역시 티켓몬스터에서 마케팅 업무를 하던 워킹맘이었다. 육아를 하다 생긴 목 디스크로 고생을 한 그녀가 참다못해 만들어 낸 대박 상품이다. 엄마와 아이 모두를 편안하게 할 뿐만 아니라 심플한 디자인으로 주목받은 이 아기띠는 SNS를 통해 입소문을 타면서 해외로도 수출되었다. 임 대표의 성공은 일과 육아가 양립 가능한 회사 구조를 만들었기 때문이다. 그녀는 한 기사 인터뷰에서 이렇게 이야기했다.

“아이를 키우면서 일하고 싶어서 재택근무 형태로 시작했는데, 전문직 여성분들 중에 일과 육아를 양립하고 싶은 분들이 많이 합류했다. 3년이란 짧은 시간 안에 글로벌 브랜드로 성장할 수 있었던 것은 유연한 근무환경 덕분에 인재들이 능력을 더 잘 발휘했기 때문이다.”

점점 더 늘어나는 엄마들의 성공 사례. 그들이 엄마가 아니었다면 이런 성공을 이뤄낼 수 있었을까? 물론 그랬을 수도 있다. 하지만 아이를 키우면서 더 나은 삶을 끊임없이 고민했기에 이뤄낸 결과이다. 아이가 없었다면 이토록 고민하진 않았을 것이다.

이들에게는 또 한 가지 공통점이 있다. 바로 포기하지 않았다는 것이다. 지금의 자리에 오기까지 얼마나 많은 시행착오가 있었을까. 수없이 포기하고 싶었을 것이다. 하지만 그러한 순간들을 묵묵히 이겨냈다. 그리고 아이와 나, 가정이 모두 행복한 삶을 이루어냈다. 자기 스스로 한계를 두지 않았기에 가능한 일이다. 불가능한 것은 없다. 나는 해낼 수 있다는 강력한 의지가 필요하다.

삼성전자 최초로 여성 임원 자리에 오른 심수옥 부사장은 마케팅 분야의 최고 전문가로 손꼽힌다. 그녀가 그런 능력을 발휘할 수 있었던 이유에 대해 이렇게 말했다.

“여성은 남성에 비해 육아나 출산 등 포기할 이유가 많다. 하지만 절대로 포기하지 말라고 전하고 싶다. 긍정의 힘을 믿고 포기하지 않는다면 방법은 어떤 식으로든 생긴다.”

또 심 부사장은 셰릴 샌드버그의 <린 인>의 추천사에서 이런 글을 남겼다.

"직장에서 일하는 엄마 밑에서 자란 딸이 직장 여성이 돼서 이렇게 말 한 적이 있다. '일이냐 가정이냐 고민하는 선배들이 있지만, 난 엄마를 보면서 확신할 수 있었다. 일과 가정을 함께하는 것이 절대 불가능하지 않다고.' "

우리가 걷고 있는 길은 분명 편하지 않다. 내가 왜 이 고생을 하고 있나 원망스러운 마음이 불쑥불쑥 치민다. 일도 육아도 그 어떤 것도 제대로 해내지 못한 채 그저 하루를 꾸역꾸역 살아간다. 그렇지만 포기하지 않고 지금의 길을 걷다 보면 우리도 누군가에게 희망이 될지 모른다. 그 '꾸역꾸역' 속에서 빛나는 가능성을 발견할 날이 찾아올 거라 믿는다.

걱정말아요, 별 거 아니니까

"걱정의 40%는 절대 현실로 일어나지 않고, 걱정의 30%는 이미 일어난 일에 대한 것이고, 걱정의 22%는 안 해도 될 사소한 것이고, 걱정의 4%는 우리 힘으로도 어쩔 도리가 없는 것이고, 걱정의 4%는 우리가 바꿀 수 있는 것이다."

심리학자 어니 젤린스키는 걱정에 관한 연구에서 이와 같이 말했다. 한마디로 말해서 우리가 평소에 하는 걱정은 하나 같이 다 쓸모없다는 것이다. 내가 하는 걱정들은 사실 걱정해봐야 해결되는 것이 아무것도 없다. 일어나지도 않은 일, 이미 지나간 일을 걱정하느라 괜한 시간만 낭비하곤 한다. 특히나 아이가 생긴 후에는 전보다 더 많은 걱정을 하기 시작한다.

'아이가 혹시나 무슨 장애가 있다고 하면 어쩌지?'

'일하는 와중에 갑자기 진통이 오면 어쩌지?'

'육아 휴직을 1년 다 쓸 수 있을까?'

'나 혼자 애를 어떻게 키우지?'

아이가 생기고 나면 전보다 불안한 마음이 배가 된다. 혹시나 벌어질지 모르는 온갖 상황에 대해 상상하고 걱정한다. 늘 초조한 마음을 안고 산다. 게다가 임신한 상태로 회사까지 다니는 몸이라면 걱정이 더 많다. 갑자기 진통이 오진 않을까, 휴직을 너무 오래 하면 내 책상이 없어지지는 않을까, 복직하면 우리 애는 어쩌나….

나는 하나부터 열까지 모든 것이 걱정이었다. 아이를 낳아 키워본 경험이 없기 때문에 언제 무슨 일이 생길지 몰라 늘 불안했기 때문이다. '내가 이 아이를 잘 키울 수 있을까?' 나 자신을 믿지 못하고 걱정만 했다.

아이가 태어난 지 한 달이 되던 날. 나는 BCG 접종을 위해 아이를 데리고 보건소에 가야 했다. 아이와 내가 단둘이 외출하기는 처음이라 며칠 전부터 걱정이 태산이었다. '내가 아기를 차에 태우고 보건소까지 잘 갈 수 있을까?' 카시트에 아이를 태우고 운전을 해야 한다는 게 겁이 났다. 그래서 전날 남편과 함께 모의 시뮬레이션까지 해보았다.

다음 날 아침, 나는 잔뜩 긴장한 채로 아이를 차에 태웠다. 걱정한 대로 카시트에 아이를 태우는 것이 수월하지는 않았다. 겨우 아이를 태우고 보건소에 도착했다. 모든 것이 낯설었다. 아이와 단둘이 바깥에 나와 있다는 것 자체로 긴장되었다. 겨우 접종을 마친 뒤 한시름 놓고 있는데 의사 선생님이 말씀하셨다.

"접종 후에 아이가 열이 오르거나 이상 증상이 생길 수 있을지 모르니 20분 정도 앉아계시다가 돌아가세요."

그 말을 듣자 잠시 내려놓았던 걱정이 또다시 시작되었다. 20분이 얼마나 길게 느껴지던지 나는 아이가 혹시나 잘못되지는 않을까 기다리는 내내 불안했다. 다행히 아이는 별문제가 없었다. 나는 다시 낑낑거리며 아이를 카시트에 태우고 집으로 돌아갔다.

무사히 집에 도착하고 나니 며칠 전부터 걱정만 하고 있었던 내가 우습게 느껴졌다. 막상 해보니 별것도 아닌 일인데 내가 너무 쓸데없이 걱정만 잔뜩 한 것 같았다. 지금 돌아보면 아이를 키우는 모든 순간이 다 그랬다. 그땐 너무나 큰 걱정이었는데 돌이켜 보면 너무나 별것 아닌 걱정들이었다.

분유는 뭘 먹여야 하나, 이유식은 어떻게 만드나, 우리 아이는 왜 안 걸을까, 애 키우면서 회사는 어떻게 다니나…. 모든 순간 걱정을 안고 살았다. 그러나 그때 했던 모든 걱정들, 내가 다 해내지 못할 것 같아서 걱정했던 일들을 결국 다 해냈다. 그땐 심각했지만 지금은 사소하게 느껴지는 걱정들이 대부분이다.

　　나의 가장 큰 걱정은 회사에 다니면서 아이를 키우는 것이었다. 하지만 걱정과는 달리 나는 잘 해내고 있다. 물론 지금도 걱정이 없는 것은 아니다. 가끔 아이가 엄마와 떨어지려 하지 않을 때면 '계속 이렇게 살아야 하나?' 걱정이 앞선다. 하지만 그런 걱정은 잠시뿐, 나도 아이도 일상으로 다시 돌아가는 데 오랜 시간이 걸리지 않는다. 아이도 예전만큼 보채지 않고 일하는 엄마를 이해한다. 이 시간이 오기까지 물론 쉽지는 않았다. 하지만 분명한 것은 이 시간은 분명히 온다는 것이다. 그러니 괜한 걱정하며 살 필요는 없다. 지나고 보니 정말 별것 아니다.

　　예측불가능한 하루, 그렇기 때문에 우리는 늘 걱정을 안고 사는지도 모른다. 내가 걱정을 하든 안 하든 일어날 일은 어차피 일어나게 되어 있다. 걱정한다고 해서 일어날 일이 안 일어나고, 안 일어날 일이 일어나진 않는다. 일이 일어난 뒤에 해결 방법을 찾으면 된다. 그 일을 해결하는 과정이 순탄치 않을 수도 있다. 하지만 그 과정도 지나고 나면 웃으며 이야기하는 추억거리가 된다. 누구나 한 가지씩 갖고 있는 아이를 키우면서 생기는 에피소드쯤으로 남게 된다.

　　한 가지 더 기억해야 하는 것은 걱정만 하고 있다고

상황은 달라지지 않는다는 것이다. '아이 이유식을 어떻게 만들지?' 하고 걱정만 할 게 아니라 책이든 인터넷이든 밤낮이고 보면서 공부해야 한다. '우리 아이를 누가 봐주지?' 앉아서 고민만 할 게 아니라 온 동네 어린이집을 다 찾아다니면서 상담이라도 받아야 한다. 걱정은 할 필요 없다. 다만 행동하는 것이 필요할 뿐이다. 걱정만 하고 앉아 있으면 해결되는 것은 아무것도 없다. 어쩌면 행동하지 않기 때문에 걱정이 더 늘어나는 것일지도 모른다. 몸과 마음을 부지런히 움직여야 걱정할 일도 줄어든다.

"힘든 시기는 반드시 지나간다. 끝도 없을 것 같은 육아도 막내가 열 살이 되면 어느 정도 마무리된다. 엄마가 일일이 쫓아다닐 필요도 없어지고 점점 아이 스스로 결정하는 영역이 늘어난다."
_ 신의진, <대한민국에서 일하는 엄마로 산다는 것> 중

지금의 이 힘든 시기는 결국엔 언젠가 끝이 난다. 매일 걱정뿐인 하루하루가 훗날 돌이켜보면 추억이 될 날이 반드시 올 것이다. 그러니 우리에게 주어진 소중한 이 순간을 걱정이 아닌 즐거움으로 가득 채우며 살아가기를.

꿈이 있는 엄마는 빛이 난다

오랜 여행으로 몹시 지치고 배가 고픈 두 남자가 있었다. 그들은 우연히 어떤 방에 들어갔는데, 그곳에는 먹음직스러운 과일이 담긴 바구니가 천장에 매달려 있었다. 이것을 본 한 남자는 말했다.

"저 과일을 먹고 싶지만, 너무 높은 곳에 있어서 꺼낼 수가 없네."

하지만 다른 한 남자는 이렇게 말했다.

"난 저 과일을 꼭 먹고야 말겠다. 아무리 높은 곳에 있다 해도 누군가 저기에다 매달아 놓은 것이 아니겠는가. 나라고 해서 저 위에 올라가지 못할 이유가 없지."

그러더니 남자는 어디에선가 사다리를 가져와 한 걸음, 한 걸음 딛고 올라가 과일을 꺼내 먹었다.

<탈무드>에 나오는 이야기이다. 지금 나는 어떤 모습일까? 원하는 것을 그저 바라만 보며 포기한 채로 살아가고 있지 않은가? 꿈을 꿀 엄두조차 내지 못하고 있지

않은가?

그동안 내 모습은 첫 번째 남자와 똑같았다. 시도해 볼 생각조차 하지 않았다. 실은 천장에 과일이 있다는 사실조차 모르고 살았다. 결혼과 동시에 임신하고 아이를 낳아 기르면서 하루하루 살아가는 데 급급했다. 어느 날 문득 발견한 내 모습은 처참한 몰골이었다. 아이를 안은 채 초점 없이 멍한 얼굴로 앉아있는 나를 보고 흠칫 놀랐다. 가만히 거울 앞으로 다가가 내 얼굴을, 내 눈을 바라보았다. 얼굴은 아무런 혈기가 없었고 눈빛은 흐릿했다. 예전의 나는 이렇지 않았는데…. 반짝이던 내 모습은 도대체 어디로 가버린 걸까.

'꿈? 내가 지금 꿈을 꾼다는 게 가능해? 애 키우면서 먹고 살기 급급한데 꿈은 무슨 꿈. 꿈같은 소리 하지 말고 애나 잘 키우고 회사나 열심히 다니자.'

무언가를 해보고 싶다는 가냘픈 소망은 나의 이런 생각 앞에 무참히 짓밟히곤 했다. 시작도 해보지 못한 채 이내 포기하거나 단념해 버리기 일쑤였다. 하지만 그런 시간들이 계속되자 나는 더 이상 견딜 수가 없었다. 물론 하루하루 사는 것이 항상 고달프기만 한 것은 아니었다. 아이가 커가는 모습을 바라보면서 이루 말할 수 없는 행복감을 느꼈다. 하지만 어딘가 마음 한편이 공허했다. 더 이상 아무런 꿈도 꾸지 못한 채 이렇게 살아갈 수는 없었다.

　　새벽 기상을 하리라 마음먹고 시작한 첫날. 그날 아침의 그 상쾌한 공기와 심장의 두근거림은 지금도 잊히지 않는다. 어떤 대단한 꿈을 가지고 시작한 것은 아니었다. 아이를 위해, 좀 더 나은 엄마가 되기 위해 영어 공부라도 시작하자는 마음이었다. 하지만 그날부터 내 삶은 완전히 달라졌다. 매일 공부를 하고 독서를 하면서 새로운 것들을 알아가기 시작했다. 다양한 정보를 블로그와 유튜브를 통해 얻으며 새로운 세상을 만났다.

　　책 쓰기도 그렇게 시작된 것이다. 우연히 필사 모임에 참여하면서 책 쓰기를 도와주는 카페가 있는 것을 발견했다. 가슴이 두근거리기 시작했다. 책 쓰기는 나의 오랜 버킷리스트였다. 나라는 사람이 존재했음을 이 세상에 남겨두기 위해 나는 반드시 언젠가는 책을 쓰리라 꿈만 꾸고 있었다. 며칠을 고민했다. 내가 과연 잘 할 수 있을지, 내가 책을 쓸 만한 자격을 가진 사람인지 의심스럽기만 했다. 하지만 결국 나는 일단 해보기로 했다. 지금이 아니라면 다음은 없다는 생각이 들었기 때문이다.

　　나는 매일 가슴이 뛴다. 나의 오랜 꿈을 실현해나가고 있기 때문이다. 새벽에 책상 앞에 앉는 것이 때로는 고단하고 지칠 때도 있다. 하지만 나는 내 꿈을 선택한 것이 자랑스럽다. 나 스스로가 대견하다. 이토록 열심히 사는 내 모습, 그리고 늘 새로운 꿈을 그리는 지금의 내 모습이 너무나 좋다. 미래의 나는 어떤 모습일지 기대가 된다.

결혼하고 거기다 아이까지 낳은 후에는 대부분 꿈꾸기를 멈춘다. 꿈을 꾸고 싶어도 무슨 꿈을 꿔야 할지 잘 모른다. 나 역시도 마찬가지였다. 하지만 내 꿈을 찾는 방법은 그리 어렵지 않다. 내가 알게 된 내 꿈을 찾는 방법 세 가지를 소개한다.

첫째, 무조건 독서하기. 책을 읽기 시작하면 흐릿했던 내 몸과 마음이 점점 선명해진다. 내가 어떻게 살아야 하는지, 나의 내면에 어떤 생각이 잠재되어 있는지 알 수 있다. 사실 내가 가장 싫어하는 책은 자기계발서였다. 이 책이나 저 책이나 다 똑같은 소리를 하는 것 같아서 읽기가 싫었다. '읽으면 뭐 해, 다 똑같은 소린데. 결국 내가 실천하지 않으면 읽으나 마나잖아?' 이런 생각에 아예 손도 대지 않았다. 하지만 강력한 동기 부여를 받기 위해서는 반드시 읽기를 권한다. 많이 읽을 필요는 없다. 몇 권만 읽어도 내 꿈에 시동을 켜는 데 큰 도움을 받는다. 가벼운 자기계발서부터 시작해서 다양한 분야의 책을 읽다 보면 분명 내 가슴이 두근거리는 순간들을 맞이할 것이다.

둘째, 글쓰기. 특히 내 생각을 쓰는 것이 중요하다. 책을 그저 읽기만 하지 말고 필사해보기를 추천한다. 그리고 필사한 문장을 가만히 바라보며 떠오르는 내 생각들을 두서없이 적어보자. 적다 보면 내면에 존재하는 나도 몰랐던 나 자신을 만나게 된다. '내가 이런 생각을 하고 있었다니!' 놀라기도 한다. 글을 쓰면서 나 자신과 마주하며 끊임없이 질문한다. '왜 이런 생각이 들지? 내가 원하는 건 뭐지?' 모두가 잠든 고요한 밤 혹은 새벽. 진실한 나와 만나는 글쓰기 시간을 꼭 갖길 바란다. 내 꿈이 좀 더 선명해질 것이다.

셋째, 일단 시작하기. 책을 읽기 시작하면서 나는 다양한 독서 블로거들과 이웃을 맺었다. 블로그를 하다 보면 이웃을 타고 가다가 새로운 영역의 사람들도 알게 된다. 또 우연히 나의 관심사를 검색하다가 알게 된 블로그들도 많다. 그분들의 블로그를 보다 보면 어떤 프로젝트를 위해 사람을 모으고 함께 일정 기간 동안 미션을 수행하는 것들이 많다.

예를 들면 '토지 필사 모임', '한 달에 한 권 원서 읽기 모임', '벽돌책 함께 읽기 모임' 등이다. 혼자서 무얼 해내려고 하지 말고 이런 모임을 일단 시작해보자. 요즘은 정말 다양한 모임이 있다. 그림을 좋아한다면 매일 같이 그림을 그리는 모임도 있고, 정리하는 것을 좋아한다면 미니멀 라이프를 실천하는 모임도 있다. 나와 뜻을 함께하는 사람들과 일단 한번 시작해 보자. 그 속에서 얻게 되는 것이 무수히 많다. 새롭게 알게 되는 정보도 많고, 나와 같은 꿈을 가진 사람들이 어떻게 살아가고 있는지 힌트를 얻을 수도 있다. 망설이지 말고 일단 해 보자.

　매일 새벽 4시에 울리는 알람을 끄고 나는 화장실로 향한다. 세수를 하고 가만히 거울 속 내 모습을 바라본다. 그리고 내 눈을 바라본다. 내 눈이 빛나고 있나? 그렇다. 반짝이고 있다. 반짝이는 내 두 눈을 확인한 뒤 나는 조용히 책상 앞에 앉아 하루를 시작한다. 묵묵히 나의 꿈을 향해 나아간다.

나는 오늘도 반짝이고 있다.

저
녁
놀

혼자였다면 결코

　　아이가 유난히 나를 힘들게 하는 날이 있다. 어린이집에 가지 않겠다며 침대에 드러눕던 어느 날, 아침부터 진이 빠진 나는 네 맘대로 하라며 방문을 닫고 나와 가방을 집어 던졌다. 회사에는 아이가 아파서 병원에 들렀다 출근하겠다는 핑계를 대고 핸드폰도 던져버렸다. 거실에 우두커니 앉아 있는데 눈물이 뚝뚝 떨어졌다. 다 내려놓고 싶다는 생각밖에 들지 않는다. 이렇게 뜻대로 되지 않는 인생은 처음이다. 아이와 함께 살아가는 나의 인생은 언제나 당황스럽고 예상 밖이고 쉬운 것이 하나도 없다.

　　아이를 낳고 지금까지 어떻게 살아온 건지 사실 나도 잘 모르겠다. 그저 그때그때 상황에 맞춰 어떻게든 살아졌다. 그 순간은 도망치고 싶을 만큼 힘들었는데 돌이켜보면 참 별것 아니었다. 여전히 나는 서툴고 부족한 게 많은 엄마지만 아이가 성장하면서 좀 더 유연해지고 여유도 찾게 되었다. 낯설고 어색하던 엄마라는 자리에 제법 잘 적응하고 있다.

누구에게나 육아는 힘들다. 끝이 보이지 않는 터널처럼 느껴진다. 하지만 세상 그 무엇보다 행복한 순간을 안겨주는 것 또한 육아이다. 아이의 옹알이, 첫뒤집기, 첫걸음마, 처음 엄마라고 부르던 날, 내 품에 포옥 안겨 날 안아줄 때… 셀 수 없이 많은 순간들이 나를 벅차게 만든다. 아이가 내 품에 안겨있는 시간은 그리 길지 않다. 돌이켜보면 나 역시 초등학교 4학년 무렵부터 또래와 놀기 바빴다. 짝사랑하는 남자아이 때문에 속 끓인 기억도 그때부터였다. 부모는 더 이상 안중에 없고 자신만의 세상을 찾아가기 바쁘다. 아이가 내 품 안에서 사랑을 갈구하고 보채고 재롱을 부리는 것은 기껏해야 10년이다.

일과 육아를 병행하며 누구보다 힘든 오늘을 살아가는 엄마들에게 말하고 싶다. 우린 충분히 잘하고 있다고, 조금만 더 힘내보자고. 그리고 조만간 내 품을 떠날 아이에게 최선을 다해 사랑만 주자고. 훗날 아이와 아등바등 씨름하며 살아가던 오늘을 그리워하며 더 많이 사랑해주지 못해 후회할지 모를 테니까.

평범한 워킹맘이 주는 위로를 담아 책을 쓰겠다고 다짐한 뒤 1년 6개월이 지났다. 나는 이 시간 동안 부족한 나 자신을 수없이 발견해야 했다. 그럴 때마다 숨고 싶었고 괜한 선택으로 스스로를 더 못살게 구는 것 같아 포기하고 싶었다. 나 자신을 위로하지도 못하면서 누구를 위로할 처지가 되는 건지 의심스러웠다. 글과 행동의 불일치를 발견할 때마다 나의 이중성에 부끄럽기도 했다. 하지만 그러한 과정을 통해 나는 단단해졌다. 세상 밖으로 나올 나의 이야기가 여전히 부끄럽고 민망하지만, 그것을 견뎌내는 것 또한 나를 성장시킬 것이다.

책 쓰기는 오롯이 나의 몫이지만, 혼자였다면 결코 해낼 수 없었을 것이다. 막막하기만 했던 책 쓰기에 눈을 뜨게 만들어준 임성훈 작가님과 무한한 응원으로 쓰러지지 않게 해주신 지에스더 작가님께 감사의 마음을 전한다. 부족한 나를 끌어올려 준 최연 편집장님께도 깊은 감사의 인사를 드리고 싶다. 그가 없었다면 나는 비루한 나의 문장 속에서 매번 허우적거렸을 것이다. 늘 칭찬을 아끼지 않으며 끝까지 기다려준 덕분에 이 책을 만날 수 있었다.

책을 쓰는 딸을 묵묵히 응원해주고 자랑스러워해 주신 나의 부모님, 살갑지 못한 며느리지만 언제나 사랑으로 품어주시는 시부모님께도 용기 내 감사하고 사랑한다는 말을 전하고 싶다. 내가 어떠한 결정을 하더라도 믿고 응원해주는 남편, 소리 없이 보여주는 그의 사랑이 나를 살게 한다. 무엇보다 지금의 나를 있게 만들어준 소중한 나의 보물, 내 딸 서하와 서우에게 엄마의 깊은 사랑을 전한다.

2021년 겨울
장새라

오늘도 아이와 함께 출근합니다　　　초판 1쇄 발행　2021.12.24

지은이	장새라
펴낸이	최대석
기획	최연
편집	최연, 이선아
디자인1	김진영, 이수연
디자인2	박정현
마케팅	김영아

펴낸곳	행복우물
등록번호	제307-2007-14호
등록일	2006년 10월 27일
주소	경기도 가평군 가평읍 경반안로 115
전화	031)581-0491
팩스	031)581-0492
홈페이지	www.happypress.co.kr
이메일	contents@happypress.co.kr
ISBN	979-11-91384-16-1 (03810)
정가	13,500원

이 책의 국립중앙도서관 출판예정도서목록(CIP)은
서지정보유통시스템 홈페이지(http://seoji.nl.go.kr와
국가자료공동목록시스템(http://nl.go.kr/kolisnet)에서
이용하실 수 있습니다.

꾸준히 사랑받는 ——————————

——————————————————— **콜렉션**

＋ ＋ ＋

"손가락 사이로 미끄러지는 빛은 우리의 마음을 헤쳐 놓기에 충분했고, 하얗게 비치는 당신의 눈을 보며 나는, 얼룩같은 다짐을 했었다"
_ 이제, 〈옷을 입었으나 갈 곳이 없다〉 일부

"곁에 머물던 아름다움을 모두 잊어버리면서 까지 나는 아픔만 붙잡고 있었다. 사랑이라서 그렇다."
_ 금나래, 〈사랑이라서 그렇다〉 일부

"'사랑'을 입에 담지 말 것. 그리고 문장 밖으로 나오지 말 것."
_ 윤소희, 〈여백을 채우는 사랑〉 일부

"구름 없이 파란 하늘, 어제 목욕한 강아지, 커피잔에 남은 얼룩, 정확하게 반으로 자른 두부의 단면, 그저 늘어놓았을 뿐인데, 걸음마다 꽃이 피었다."
_ 에피, 〈낙타의 관절은 두 번 꺾인다〉 일부

＋ ＋ ＋

김경미의 반가음식 이야기

〈여성조선〉 칼럼에 인기리에 연재된 반가음식 이야기 출시

김경미 선생이 공개하는 반가의 전통 레시피

하나. 균형잡힌 전통 다이어트 식단

둘. 아이에게 좋은 상차림

셋. 몸을 활성화시켜주는 상차림

넷. 제철 식단과 별미음식

전통음식 연구가이자 대통령상 수상 김치명인인 김경미 선생은 우리 전통음식의 한 종류인 '반가음식'을 계승하고 우리 전통문화의 멋을 알리고자 힘쓰고 있다. 대학과 민간연구소에서 전통음식 연구에 평생을 전념했다. 김경미 선생은 국민훈장 목련장을 수상한 바 있는 반가음식의 대가이신 故 강인희 교수의 제자이다.

[Instagram] banga_food_lab

요리 실용

뉴욕 사진 갤러리   <small>최다운</small>

라이선스를 통해 가져온 세계적 거장들의 사진을 즐길 수 있는 기회! 깊이 있는 작품들과 영감에 관한 이야기들

:

존 시르, 마쿠스 브루네티, 위도 웜스, 제프리 밀스테인, 머레이 프레데릭스, 티나 바니, 오사무 제임스 나카가와, 다나 릭셴버그, 수전 메이젤라스, 리처드 애버든, 로버트 메이플소프, 안셀 애덤스, 어윈 블루멘펠드, 해리 캘러한, 아론 시스킨드

내 인생을 빛내줄 사진 수업   <small>유림</small>

사진 입문자들을 위한 기본기부터 구도, 아이디어, 여행 사진 노하우, 스마트폰 사진까지. 좋은 사진을 찍고자 하는 사람이라면 누구에게나 도움이 될 수 있는 사진 지식과 노하우를 담았다.

당신의 어제가 나의 오늘을 만들고

김보민

김보민

당신의 어제가 나의 오늘을 만들고

당신의 어제가
나의 오늘을 만들고

김보민 에세이

오늘은 새로 산 옥색 치마에 흐르던
우물자를 가득 담은 날

내일의 당신에게서는 보라색 향기가 풍겨오면 좋겠어요

행복우물 연시리즈 _____ essay 05

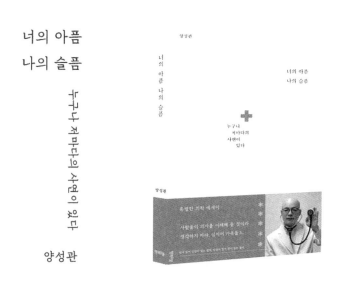

너의 아픔
나의 슬픔

누구나 저마다의 사연이 있다

양성관

환자가 죽고 싶다고 하면 의사인 우리는 ······

행복우물 연시리즈 _____ essay 06

행복우물출판사 도서 안내

● NEW & HOT
○ 사랑이라서 그렇다 / 금나래
"내어주는 것은 사랑한다는 말, 너를 내 안에 담고 있다는 말이다"
2017 Asia Contemporary Art Show Hong Kong,
2016 컬쳐프로젝트 탐앤탐스 등에서 사랑받아온 금나래 작가의 신작

○ 여백을 채우는 사랑 / 윤소희
"여백을 남기고, 또 그 여백을 채우는 사랑. 그 사랑과 함께라면
빈틈 많은 나 자신도 온전히 좋아하며 살아갈 수 있을 것 같다."
'채우고 싶은 마음과 비우고 싶은 마음'을 담은 사랑의 언어들

● BOOK LIST
○ 리플렉션: 리더의 비밀노트 / 김성엽 ○ 음식에서 삶을
짓다 / 윤현희 ○ 삶의 쉼표가 필요할 때 / 꼬맹이여행자 ○
벌거벗은 겨울나무 / 김애라 ○ 청춘서간 / 이경교 ○ 가짜세상
가짜 뉴스 / 유성식 ○ 야 너도 대표 될 수 있어 / 박석훈 외 ○
아날로그를 그리다 / 유림 ○ 자본의 방식 / 유기선 ○ 겁없이
살아 본 미국 / 박민경 ○ 한 권으로 백 권 읽기 / 다니엘 최 ○
흉부외과 의사는 고독한 예술가다 / 김응수 ○ 나는 조선의
처녀다 / 다니엘 최 ○ 하나님의 선물 ─ 성탄의 기쁨 / 김호식,
김창주 ○ 해외투자 전문가 따라하기 / 황우성 외 ○ 꿈, 땀, 힘
/ 박인규 ○ 바람과 술래잡기하는 아이들 / 류현주 외 ○ 어서와
주식투자는 처음이지 / 김태경 외 ○ 신의 속삭임 / 하용성 ○
바디 밸런스 / 윤홍일 외 ○ 일은 삶이다 / 임영호 ○ 일본의
침략근성 / 이승만 ○ 뇌의 혁명 / 김일식 ○ 멀어질 때 빛나는:
인도에서 / 유림

행복우물 출판사는 재능있는 작가들의 원고투고를
기다립니다
(원고투고) contents@happypress.co.kr